sex
uncil

D1139681

ATION
LAN

AK7

BEX FF1
UCKFF3

JOSEFINA ALDECOA

El enigma

punto de lectura

Título: El enigma
© 2002, Josefina Aldecoa
© Santillana Ediciones Generales, S.L.
© De esta edición: enero 2003, Suma de Letras, S.L.
Barquillo, 21. 28004 Madrid (España) www.puntodelectura.com

ISBN: 84-663-0943-8
Depósito legal: M-49.488-2002
Impreso en España – Printed in Spain

© Cubierta: Estudio 40
Diseño de colección: Ignacio Ballesteros

Impreso por Mateu Cromo, S.A.

JOSEFINA ALDECOA

El enigma

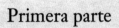

Primera parte

Al entrar en el avión sonrió a la azafata. En un viaje largo era conveniente establecer un lazo superficial pero agradable con la que iba a ser cuidadora solícita, proveedora, cumplidora de cualquier pequeño servicio. Avanzó hacia su asiento comprobando los datos de la tarjeta de embarque. Dobló la gabardina y la colocó en el maletero sobre su cabeza. Luego extrajo de su cartera los periódicos y revistas y la dejó caer cerca de él, en el suelo, apoyada en la pared del avión. Ventanilla era una elección obligada, un antídoto contra la leve angustia claustrofóbica que le producía la duración del vuelo. Al girar para sentarse, alcanzó a ver en el asiento posterior al suyo un rostro de mujer que le observaba. Sonrió y él le devolvió la sonrisa. «Buen comienzo», se dijo, porque era una cara joven y graciosa. Lástima, una pena que no hubiera sido su compañera de viaje más cercana. Todavía no estaba ocupado el asiento a su lado. La muchacha a la que él había sonreído parecía una estudiante. Sí, seguramente iba como él a una universidad. Podía ser su primer viaje para incorporarse a un curso concreto. Sin saber por qué pensó que era española. Pero una inmediata reflexión le hizo razonar que era difícil, sólo por el físico o por el aspecto, deducir su nacionalidad. Eran tan parecidas las formas de vestir, la soltura al dirigirse a otra persona aunque sólo fuera con una sonrisa... Pensó en Isabela y en su despedida breve y seca. Estaba llegando el momento de cortar definitivamente. Porque ella empezaba a olvidar las reglas del juego. Entraba inesperadamente en su despacho con cualquier pretexto. Había llegado a colarse en el curso de doctorado sólo para verle y observarle durante un rato y deslizarse fuera cuando se cansaba y comprobaba que allí no pasaba nada especial. Se había vuelto celosa y agresiva y estaba perdiendo por momentos el interés que había despertado en él su vivacidad, su alegría, su inteligencia despierta y ávida de saber, su admiración constante hacia él y hacia todo lo que él decía o escribía.

Una somnolencia invencible le asaltó. Cerró los ojos. Necesitaba descansar. Los últimos días habían sido tensos, cargados de entrevistas y compromisos. La noche anterior apenas había dormido. Se había entretenido revisando las conferencias y la bibliografía del curso, las fichas fundamentales. Y luego estaba el equipaje personal. La discusión con Berta. Este traje no. Los zapatos Sebago. Mejor la chaqueta de cachemir puesta; no se arruga. Discutían. Berta había terminado con uno de sus arrebatos histéricos. «Para qué opinaré, para qué me preocuparé por ti, si no te importa nada lo que yo digo...» Resonaba en sus oídos la última queja, el último reproche. El recuerdo de Berta ahuyentó su sueño.

Él había tratado de ser cariñoso y se mostró persuasivo y un punto melancólico. «Al fin y al cabo van a ser cuatro largos meses separados, Berta. Será duro para los dos...» Y tomándola por la cintura la llevó hasta el sofá, sirvió hielo en las copas, las llenó de sus alcoholes favoritos, whisky él, ginebra ella. Brindaron y se miraron a los ojos como hacían cuando eran muy jóvenes, antes de los niños y el trabajo en la Universidad, cuando él todavía estaba preparando la tesis y tenían poco dinero y muchos proyectos y Berta que siempre fue igual, desde luego, desviaba sus irritaciones hacia los otros, hacia los que creaban dificultades o les ayudaban poco... Brindaron, pero Berta estaba silenciosa y en seguida apareció entre sus cejas la arruga del descontento, de la discrepancia, el impulso amargo que le impedía respetar el pacto, la tregua, durante un espacio de tiempo por breve que fuera. «No será duro para los dos», había dicho. «Será duro para mí...» Un ramalazo de ira sacudió a Daniel ante el recuerdo de la noche anterior, ante el comentario de Berta que le había hecho exclamar: «Nunca estarás contenta con nada. Sabes que voy a ganar un dinero que nos vendrá muy bien, que te vendrá muy bien a ti, que siempre piensas en términos económicos. Te quedas con los niños, cerca de tu familia y tus amigas, sin nada especial que hacer. Y yo me voy a un lugar desconocido a medir mis fuerzas con aquella gente del Departamento de Español que espera de mí algo nuevo y original, algo que les explique la situación del momento en España y sus repercusiones en la literatura...». Era igual. Berta se fue a la cama sin aceptar su juego de marido cautivador, su papel de hombre abrumado por la separación y por la grave responsabilidad que le esperaba al otro lado del océano. Cuando él decidió retirarse, ella dormía profundamente pero sus sueños no habían borrado el ceño fruncido de malhumor.

Absorto en sus pensamientos, apenas se dio cuenta de los preliminares del vuelo, las advertencias, los saludos, las bienvenidas a bordo de la tripulación. Mantenía los ojos cerrados cuando la azafata le ofreció algo de beber y él aceptó con una sonrisa. Luego suspiró y estiró las piernas, decidido a relajarse, a disfrutar del momento: la copa, la película, la promesa de una experiencia estimulante que le esperaba con toda seguridad al final de su viaje. Daniel Rivera, catedrático de Literatura en la Universidad de Madrid, poeta en su primera juventud, después ensayista, crítico, conferenciante, colaborador en diferentes revistas. Daniel Rivera, cuarenta y ocho años, casado, dos hijos, navegaba por el aire rumbo a Nueva York para seguir viaje volando desde New Jersey a una prestigiosa Universidad de los Estados Unidos de América.

Las tardes todavía eran calurosas a finales de agosto. Teresa ordenó sus papeles y apagó el ordenador. Durante unos minutos hojeó el texto impreso momentos antes y alcanzó la carpeta que reposaba sobre un archivador para guardar en ella las hojas. «*Thank God it's Friday*», se dijo. Y sonrió para sí misma. La vieja costumbre de la revista, «gracias a Dios es viernes». Y la alegría de la despedida, el intercambio de informaciones sobre los planes del fin de semana. Los ordenadores, los papeles, las pruebas de imprenta, todo en reposo durante cuarenta y ocho horas. Por un momento, Teresa sufrió un breve ataque de nostalgia. ¿Había acertado con esta huida? ¿Sería de verdad una solución este regreso a unos años atrás cuando su padre vivía aquí y trabajaba en la Universidad y ella era una estudiante sin otra responsabilidad que aprobar cursos y elegir temas para sus trabajos universitarios, pasar horas en la Biblioteca de la Universidad, asistir a las fiestas de fin de semana con los amigos de entonces? Nueva York había significado tanto para ella. Allí habían vivido los primeros años, cuando sus padres decidieron emigrar en busca de un lugar en el mundo que les permitiera vivir en libertad, que les abriera horizontes a los tres, al padre, a la madre y a la niña que ella era. Recordaba siempre el deslumbramiento que les produjo la gran ciudad, adivinada, anticipada en las películas que llegaban a aquella España triste y aislada de la posguerra. El padre, ignorado en los medios universitarios, dando clases en academias de bachillerato, corrigiendo galeradas para editoriales modestas, trabajando en tesis doctorales para otros que pagaban muy bien, en aquella época.

Teresa recordaba aquel exilio elegido, propiciado desesperadamente a través de amigos republicanos, que ya estaban instalados en distintos países de América. Toda aquella vieja historia quedaba atrás, archivada en su memoria. Lo reciente era el abandono de su trabajo, de su apartamento, de su vida neoyorquina que colmaba tantos deseos y esperanzas. La huida, dejando atrás un matrimonio fracasado. El disgusto del padre y de Beatrice, la mujer que había ocupado el lugar de su madre al morir ésta y que había sido la más generosa de las madrastras.

Tenía que cortar el remolino obsesivo de dudas, preguntas, contradicciones. De una cosa estaba segura: nunca, por nada del mundo regresaría a aquella etapa que precedió a la ruptura. Jamás, aquel periodo de presiones de los que la rodeaban, de temor a dar un paso equivocado. Finalmente había conquistado la paz en este oasis universitario donde había recuperado el aroma de su adolescencia. Cuando el primer trabajo serio de su padre les había permitido instalarse en esta vieja casa, en este antiguo granero que un arquitecto había convertido en un hogar confortable y sofisticado.

El sol se retiraba hacia el oeste sobre los árboles frondosos y cobrizos del bosque. Brillaba con fuerza porque aún el verano se resistía a desaparecer y el aire seco se convertía en una ligera brisa a esa hora de la tarde. Teresa consultó el reloj y comprobó que su divagación había durado demasiado. Tenía el tiempo justo para darse un baño, vestirse y disponerse a asistir al cóctel de John Bernard, el *chairman* del Departamento de Español. Un cóctel para festejar el comienzo cercano del cuatrimestre escolar. Y también para dar la bienvenida a un profesor invitado que había llegado de Madrid días antes.

En el cóctel había mucha gente. John Bernard le iba presentando a unos y a otros. Se movían entre los grupos, se detenían. En las conversaciones, los idiomas, los nombres, imposibles de retener, se mezclaban. Parejas. Apellidos ingleses, alemanes, italianos. Varios hispanos. Una pareja de argentinos. Un peruano. Una pareja de mexicanos. En ese momento alguien reclamó a Bernard, que dijo:

—Perdón, vuelvo en seguida...

La mexicana se dirigió a Daniel y entabló con él una conversación mientras su marido saludaba a un conocido.

—Soy Ángela... Mi marido enseña en la Universidad. Yo estoy trabajando sobre los pintores mexicanos actuales y la influencia que ejerce sobre ellos el arte precolombino...

Ángela sonreía dulcemente.

—Qué interesante —dijo Daniel. Y observó que el *chairman* le hacía un gesto desde lejos. Cuando fue a disculparse con la mexicana, ésta hablaba ya, en inglés, con una mujer, una desconocida, como todos los asistentes al cóctel.

En esa fiesta, en ese primer contacto con la gente de la Universidad y del Departamento con los que iba a convivir más o menos estrechamente, una leve sombra de nostalgia le turbó. En aquel salón por cuyos ventanales entraba la luz del final de la tarde, Daniel se sintió solo, ahogado en un mar de sonidos. El murmullo de las conversaciones, la música al fondo, las risas que el alcohol elevaba hacia tonos cada vez más altos. Un desatado afán de comunicación desprovisto de inhibiciones por un tiempo, el tiempo que durara el festejo...

Una mujer mayor, con melena pelirroja ondulada y traje también rojo, avanzó sobre unos tacones altísimos hacia Daniel. Llevaba una copa vacía en la mano, se detuvo ante él y dijo:

—Dora.

Él contestó:

—Daniel.

Mientras, Dora, alegre y excitada, le cogió por el brazo y exigió:

—Por favor, venga a tomar otra copa...

Y le arrastró entre la gente que permanecía de pie y se retiraba a su paso sin interrumpir, más que con una sonrisa maquinal, su atención al interlocutor de turno.

Una vez ante la mesa del bufet, Daniel se relajó, tomó la copa servida por el barman, se volvió hacia Dora, que le esperaba, y avanzó con ella hasta sumergirse en el centro de la reunión.

La fiesta estaba en todo su esplendor. Los invitados se apiñaban en pequeños grupos, unos en el salón, otros en la terraza y el jardín iluminado que rodeaba la casa. Los canapés y las copas se renovaban continuamente. El rumor de las conversaciones subía de tono a medida que el tiempo pasaba. La noche del viernes se perfilaba alegre y distendida. El cóctel era ya un éxito porque cumplía todos los requisitos: mucha gente, espacios totalmente ocupados y el calor del alcohol animando las conversaciones.

Daniel era el centro de un grupo y luego de otro. Se esforzaba por hablar en inglés pero sonreía agradecido cuando se dirigían a él en español.

Teresa observaba al profesor Rivera. Bernard se lo había presentado al llegar y no había vuelto a tenerlo cerca hasta ahora mismo, cuando Dora Davies le conducía hasta una nueva copa que ella seguramente necesitaba.

Sin dudarlo, se abrió paso hasta Dora y el grupo de amigos que la rodeaba y se dirigió a Daniel con naturalidad.

—Vamos —le dijo—, le buscaré un rincón tranquilo.

Y le condujo hasta un ángulo del salón en el que, milagrosamente, había un claro y el pequeño sofá que ocupaba ese claro estaba vacío.

Cuando Daniel entró en su apartamento, el teléfono sonaba:

—*¿Sí?* —preguntó.

Y la voz de Berta añadió un punto de aturdimiento a su dolorida cabeza:

—*... Te he llamado hace una hora pero no estabas. Según mis cálculos son las dos de la madrugada, ¿no?... ¿Qué pasa, que tenéis cursos de noche?... Hombre, como me llamaste el primer día y no has vuelto a dar señales de vida... No, no pasa nada especial, sólo quería comprobar que tenía bien el número de teléfono... ¿Ah, una fiesta? Pues para fiesta la que tengo yo montada aquí. No me funciona el calentador de agua y sale helada. Menos mal que dentro de dos días dejamos la sierra y nos vamos a Madrid... Para preparar los colegios, la ropa, la casa, todo... Además, aquí no va a quedar nadie... Por cierto, te ha llamado, y no sé quién le habrá dado el teléfono, una de esas niñas de las tesis que quiere tu dirección. Yo no se la he dado... Tú verás... Ah,*

¿sabes lo que me ha dicho Lola? Que Luis y Carmen se separan... Típico del verano... No sé por qué. A lo mejor sabes tú más que yo, ¿no?... Bueno, si no tienes nada más que decirme te dejo que esto sube horrores... Los niños bien, claro... Llámame cuando tú quieras.

Al colgar el teléfono, Daniel suspiró. La conversación con Berta le había trasladado por un momento a Madrid, al mundo que acababa de dejar atrás.

Luis y Carmen. En principio su separación era una buena noticia. Ya no había que salir con ellos cada dos o tres viernes y aguantar sus estúpidas charlas. Las mujeres hablaban de sus cosas, se aislaban de ellos. Y ellos trataban de encontrar temas de conversación sin conseguirlo. Luis repetía siempre la misma gracia: «¿Qué tal, campeón? ¿Para cuándo el Nobel?». Si bebía dos copas de más se quejaba de la vida que llevaba. El trabajo, el dinero, la pequeña política de la empresa en que trabajaba... «Yo quería ser arquitecto —se lamentaba—, arquitecto de grandes obras: mercados, campos de fútbol, fábricas. Pero no pude con la carrera y luego en casa no me ayudaban nada. Así que me quedé en aparejador». Luis deprimía a Daniel. De hecho Carmen era la amiga de Berta. Ella había aportado esa pareja y otras dos que constituían lo que Daniel llamaba la parte opaca de su vida social. Alguna vez había tratado de explicárselo a su mujer. Ella asentía y aparentemente comprendía. Pero luego se rebelaba contra él y atacaba a las gentes que él valoraba y los horribles cócteles literarios, las presentaciones de libros y las conferencias que la exasperaban y le producían una especie de rencor sordo contra un mundo que la aburría.

Lo cierto es que a él esos festejos no le gustaban y le producían, como las salidas de los viernes, una insatisfacción, un vacío, una desolación infinita. Sólo cuando se reunía con unos pocos amigos y charlaban libremente de asuntos interesantes, podía olvidar el color gris de su vida. Entre el rechazo a una y otra práctica social, planeaba la consciencia de que en algún punto del camino se había equivocado y ya para siempre sería víctima de ese error.

El silencio a su alrededor era total. Campus Place era un lugar tranquilo a esas horas. Los profesores y los estudiantes casados que ocupaban los apartamentos de su edificio dormían ya o regresaban en silencio de sus noches del viernes.

Daniel abrió la ventana. El aire fresco traía aromas vegetales, húmedos unos y con un soplo de tierra caliente, otros. Daniel se apoyó en el alféizar y contempló la luna, en lo alto, el cielo oscuro y protector, las sombras lejanas de los árboles. Respiró hondo varias veces y cerró a medias la ventana. Luego, decidió acostarse, apagó la luz, cerró los ojos y al poco tiempo se quedó dormido.

El almuerzo en el comedor de profesores de la Universidad había sido agradable. John Bernard, Daniel, Teresa y dos profesores responsables de los niveles superiores de Español.

Durante el almuerzo Daniel había preguntado a Teresa:

—¿Qué hace usted exactamente en el Departamento?

Y ella se había echado a reír y había pedido ayuda a Bernard, que lo explicó en seguida.

—Teresa es nuestra Teresa. Vino de Nueva York casi adolescente, con sus padres. El padre es un especialista en el Siglo de Oro y trabajó en esta Universidad varios años. Luego regresaron a Nueva York y hace unos meses Teresa decidió volver al hogar vacío: una casa muy hermosa que nunca han querido vender... Y aprovecha para utilizar sin limitaciones nuestra espléndida Biblioteca.

Daniel parecía interesado y cuando volvió a preguntar: «¿Investigación? ¿Historia?», fue ella la que contestó.

—Trabajo para una revista de Humanidades. La edita y mantiene mi madrastra Beatrice Hoffman, una mujer muy interesante que trabajó cuando era joven en el equipo de Eleanor Roosevelt... Pero ahora, aquí, estoy trabajando en un libro...

Salieron juntos del comedor y pasearon durante un tiempo por la avenida central de la ciudad universitaria.

Teresa preguntó a Daniel:

—¿Usted qué va a hacer? Si va a su apartamento puedo acompañarle. Yo vivo en el pueblo y tengo que pasar necesariamente por Campus Place...

Daniel asintió y ella dirigió sus pasos hacia un amplio paseo de castaños y tilos. Cada árbol exhibía a sus pies una ficha metálica con el nombre latino, la familia, el origen.

—Parece un jardín botánico —dijo Daniel.

—Es un bosque botánico —afirmó Teresa—. Fíjese en el tamaño de estos espacios que se extienden alrededor de cada edificio. Es un lugar maravilloso para pasear, sobre todo en otoño. Hay caminos trazados como un laberinto, pero se sale siempre a un sitio conocido...

Caminaron en silencio lentamente y de pronto Teresa dijo:

—¿Qué planes tiene usted para el fin de semana?... El último antes de que empiece el curso...

Daniel dudó un instante y luego dijo:

—Nada, no he pensado hacer nada especial...

Entonces ella se detuvo y se quedó mirándole interrogante.

—¿Le gusta a usted el mar? ¿Le gusta el Atlántico?

Daniel, sorprendido, asintió con un movimiento de cabeza y se apresuró a reforzar su gesto con un:

—Muchísimo, me gusta mucho el mar.

Teresa continuó andando y añadió:

—Pensaba que quizá le apetezca venir a mi casa de la playa. Está a unas cuatro horas de aquí... Pienso ir este fin de semana con unos amigos...

Un rubor juvenil había teñido el rostro de Daniel al oír la primera parte de la proposición: «Quizá le apetezca venir a mi casa de la playa...».

Pero se había recuperado en seguida, cuando la invitación quedó completa... «Con unos amigos.»

—Me encantaría. Muchas gracias —dijo. Y siguieron paseando en silencio.

Derrumbado en su sillón, con un libro en la mano, incapaz de concentrarse en la lectura, Daniel volvía una y otra vez a su reacción ante Teresa. ¿Por qué, a su edad, con su experiencia social, su constante trato con compañeras y alumnas, con mujeres de amigos, con mujeres en general, había reaccionado con ese patético rubor de adolescente? ¿Por qué esta mujer le desconcertaba y le hacía reaccionar tan torpemente ante cualquiera de sus inesperadas observaciones?

Ya el primer día, el día de la bienvenida en casa del *chairman*, ella, Teresa, le había dedicado una atención especial durante un rato. Le había rescatado de la insistencia obsequiosa de la mujer de rojo, para llevarle a un ángulo tranquilo del salón y, allí, se había dedicado a interesarse por su trabajo, sus temas en los cursos de Literatura, sus autores preferidos, la situación actual de la cultura en España en este momento de gobierno socialista, tan deseado al parecer por una mayoría. Saltaba de un tema a otro con soltura. Y lo curioso, lo que le sorprendió ya ese día fue que de pronto se lanzara a hacerle preguntas personales, superficiales, es verdad, pero directas. «¿Tiene usted hijos? Y su mujer ¿en qué trabaja?» Para luego, sin duda, asombrarse, a juzgar por su silencio, cuando él explicó que no, que Berta era simplemente ama de casa, madre, «la eterna cuidadora del hogar y su fuego», dijo él queriendo hacer una broma ligera de lo que a Teresa le parecía, seguramente, inconcebible. Porque ella no objetó nada ni a favor ni en contra de su situación matrimonial. Tras un momento de silencio había hablado de sí misma. No tenía hijos, y estaba divorciada desde hacía meses.

—Y ésa es la razón por la que he vuelto en busca del tiempo perdido... Pero sobre todo huyendo —había añadido— de Nueva York y las gentes de su ambiente —entre las cuales estaba su ex marido.

Justo entonces se había acercado a ellos un hombre alto y fuerte, con aspecto juvenil y pelo blanco. Teresa se lo presentó.

—Philip es profesor de Historia Contemporánea y este año da un curso en la Universidad.

Philip le dijo que había conocido al padre de Teresa por un trabajo que él, Philip, había publicado, precisamente sobre la guerra española...

Sonriente, le había ofrecido:

24

—Si le interesa se lo haré llegar al Departamento...

Mientras hablaban, Daniel contemplaba a Teresa y se sorprendió estudiando su belleza. Era una mujer atractiva pero no espectacular. «Belleza a segunda vista», se dijo Daniel. La mirada inteligente, el tono de voz. Una mujer segura de sí misma, desde luego. Libre, autosuficiente..., que se habrá quedado de piedra cuando ha descubierto que el profesor Rivera, llegado con una aureola de prestigio, colaborador en revistas importantes, conferenciante serio y riguroso está casado con una burguesa tradicional que no trabaja y se dedica sólo al hogar. Por qué si no su silencio, su ausencia de un comentario convencional, como por ejemplo: «Qué bien, es tan difícil para una mujer trabajar y tener hijos a la vez, hay que elegir y quizá su mujer ha estado acertada con la elección...». Pero no, se encastilló en su silencio, sorprendida o decepcionada, y allí seguía hablando con Philip y aparentemente olvidada de él, de su anterior cordialidad al rescatarle de la mujer de rojo, al hacer de algún modo de anfitriona auxiliar de John Bernard que en aquel momento se acercó, con su mujer Elisabeth, y ésta cogiéndole de la mano le obligó a levantarse y a acompañar a ambos hasta la puerta del salón donde le esperaban para despedirse una pareja de alemanes, que querían invitarle para el próximo jueves a un concierto en el hall de la Universidad...

A través del océano, la voz de Berta llegó hasta su mesa de trabajo. Daniel sostuvo el auricular con una mano y con la otra se apretó la frente mientras escuchaba.

—Te llamo para que hables seriamente con Javier... Con los exámenes de septiembre encima y no da ni golpe... Claro, como tú no te ocupas. Parece mentira que seas profesor y no controles los estudios de tus hijos... Ahora te lo paso y le dices lo que te parezca porque yo, sola, ya no puedo más... Ah, y por cierto, quería recordarte que a finales de mes me pasan la factura de la moqueta del salón que está quedando preciosa, pero dime si quieres que paguemos con un cheque o les digo que esperen porque ya saben que tú estás fuera, en Estados Unidos... Oye, ayer me llamó Carmen para ver si tú sabías algo, si me habías dicho a mí algo de Luis, si tú crees que tiene a alguna por ahí porque ella está muy mosca. Al parecer él le dice que quiere separarse por una temporada porque tiene una crisis y necesita tiempo para poner en orden su cabeza... Y yo le he dicho: «Pareces tonta, hija, qué poco sabes de la vida»... Aquí está Javier, te lo paso...

Una casa maravillosa. Daniel recordaba haberla visto en numerosas películas. No ésa, pero sí otras muy parecidas. Una casa de madera, con un amplio porche y una escalera de tablones anchos que descendía hasta la arena. Allí, ante él, se extendía el Atlántico, el océano que les unía y desunía con la Europa lejana.

El día anterior habían llegado tarde, justo cuando la última luz se extinguía.

—Buenos días —dijo Teresa a sus espaldas. Avanzaba descalza por la arena y él casi se sobresaltó—. ¿Te gusta? —le preguntó. Porque el tuteo se había impuesto la noche anterior.

Los Wise seguían durmiendo. Philip apareció a lo lejos. Regresaba de un paseo desde el otro extremo de la playa larguísima. Venía descalzo y vestía bermudas y un polo azul.

«Es su pareja, seguro», pensó Daniel.

Se acercó a Teresa y la besó en la mejilla con una confianza no improvisada.

—¿Te gusta? —preguntó también él en un español un poco duro, señalando al mar.

La noche anterior, recordaba Daniel, Philip se había encargado de todo. Conocía la cocina perfectamente y había organizado la cena en poco tiempo con la aprobación tácita de Teresa que se dedicó a abrir ventanas y a distribuir las habitaciones.

Teresa y Philip le miraban esperando su respuesta y él sonriente contestó.

—Me gusta mucho.

Y Teresa con un acento suavísimo en el que advertía la influencia del inglés citó sorprendentemente:

—«Atlántico de las despedidas. Europa azul...».

—¿Cómo lo conoces? —preguntó Daniel—. Es un libro casi olvidado. Lo han reeditado hace poco...

—He encontrado tus libros en la Biblioteca. Lo tenemos todo allí... —afirmó Teresa.

—Es mi único libro de versos. Un libro de juventud —explicó Daniel dirigiéndose a Philip.

—De tu primera juventud, querrás decir —corrigió él.

Y Daniel recordó que la noche anterior, en la charla prolongada en la que iban surgiendo temas que se cruzaban y se abandonaban, para iniciar otros, Philip había hablado del tiempo. «Nos persigue, nos destruye», había dicho. «Y lo peor de todo es que no nos damos cuenta.» Daniel le escuchaba con atención y observó que la aparente juventud de Philip, el rostro terso, la viva mirada azul, el pelo blanco que en principio producía un efecto estético casi buscado en contraste con la figura ágil y delgada, parecía haber perdido parte de su brillo. Derrumbado en una butaca, con la copa de bourbon en la mano, hablaba y hablaba y una sombra de tristeza cubría sus facciones ajadas y la boca descolgada en un rictus de desgana. Al retirarse Michael y Sarah, Teresa dijo: «Yo también voy a dormir». Y se quedaron solos los dos, Philip y Daniel, en el salón repentinamente vacío de no ser por ellos, que divagaron entre largas pausas hasta una hora avanzada, con la agradable sensación de un tiempo no controlado, libre de límites.

Cuando al fin decidieron retirarse, Philip le dijo:

—Ya sabes, al subir la escalera, la primera puerta a la derecha —y añadió—: Yo me voy a mi cuarto. Está abajo, al lado del garaje. Allí tengo siempre todas mis cosas, porque vengo con frecuencia...

Teresa corrió hacia el agua y, quitándose la camisa de algodón que llevaba sobre el bañador, se lanzó a las olas.

—Creo que yo debía... —dijo Philip. Y añadió—: Bebí mucho anoche... —y siguió el camino de Teresa, las pisadas de Teresa, hasta alcanzar el agua.

Las nubes de primera hora de la mañana se habían despejado hacía poco tiempo. La luz cubría las cosas con el tardío fulgor del verano. Daniel esperó a los nadadores y respiró hondo. Por primera vez, ¿en siglos?, se sentía libre, lejano y libre, perdido y libre. Pensó que al otro lado del océano había quedado una vida, la suya, anclada, ¿hasta cuándo?, en la rutina y el aburrimiento y el desasosiego... Habían decidido ir al pueblo más cercano, a unos cinco kilómetros, para un almuerzo especial con pescados de la zona.

—El final del verano —dijo Teresa mientras contemplaba melancólica la terraza del restaurante, las mesas vacías y los escasos comensales que cerraban los ojos sobre sus tazas de café, tomando el sol con la avidez última de un agosto agonizante.

—Este olor, esta brisa, este pescado, todo me remonta a mi infancia en el norte de España —dijo Daniel y señaló el mar—. Allí, al otro lado del Atlántico está la casa familiar, la casa de mis abuelos paternos. Una casa de piedra, con un prado que llega hasta el acantilado. Y la playa, recogida y diminuta...

El recuerdo irrumpió violentamente y le invadió por completo. El pueblo de pescadores, hundido abajo, protegido por las altas paredes de roca del acantilado...

—¿Vas allí con frecuencia? —preguntó Teresa.

—No —dijo Daniel regresando de sus recuerdos—. No —repitió.

No quería añadir: «A Berta, mi mujer, no le gusta el norte...». Los demás permanecían silenciosos, como los ocupantes de las mesas cercanas. Una congoja repentina atenazó a Teresa. Daniel estaba hablando de sus recuerdos y de sus raíces. Él regresaría en cualquier momento, cuando quisiera, a la casa de sus abuelos y a su infancia. Y ella ¿dónde tenía sus verdaderas raíces? ¿En la masía de sus abuelos maternos en el Ampurdán? ¿En el pueblo de sus abuelos paternos que apenas visitó de niña? ¿En Madrid, en el Retiro de sus juegos? De todos esos lugares había oído hablar y también ella los recordaba. Pero no podía regresar. Nada le unía ya a España, a los abuelos muertos que se opusieron desde el primer momento a la emigración. A los tíos y primos dispersos y ajenos. Todos habían rechazado aquel exilio voluntario, planeado por el padre después de una serena reflexión. Recuperar las raíces, esa vaga ilusión de los que un día huyeron por distintos motivos de sus países... Ella sabía que las naves, sus naves, estaban quemadas.

Las once de la mañana. En Madrid, las cinco de la tarde. Desde la tarde madrileña, Berta le preguntaba, le interrogaba, le recriminaba:

—*¿Dónde has estado todo el fin de semana? ¿Tú crees que se puede uno marchar así, sin dejar un teléfono ni una dirección? ¿Y si pasa algo? ¿Y si tengo que decirte algo importante de los niños? Nadie, ni en el despacho de la Universidad, ni en tu apartamento ha contestado. No se puede ser más egoísta. ¿Que para qué te llamo?... Ya ni me acuerdo pero creo que tengo derecho a llamarte cuando me apetezca, ¿no?... Ya estoy calmada... A un* week-end *con amigos. ¿Sólo con amigos? ¡Qué raro, hijo!... No me amenaces con colgarme que no estoy loca...*

Los estudiantes posgraduados eran pocos, quince, contó Daniel. Ocho chicas y siete chicos.

Uno mayor, o por lo menos parecía mayor. Muy serio, muy aislado del resto.

Daniel habló con ellos el primer día. Les explicó su plan de trabajo y les pidió que le dijeran si ese plan coincidía con sus expectativas o querían algo diferente, en algún aspecto. Parecían de acuerdo, le miraban con curiosidad y sonreían.

—El próximo día —dijo Daniel— empezaremos con el primer tema: la literatura española en la primera mitad del siglo XX.

Esa noche, en el silencio de su apartamento, hundido en el muelle refugio de la cama, cuando el libro que leía se le había caído ya dos veces de la mano, Daniel hizo un balance somnoliento de la semana. El resultado fue positivo. Las clases se habían desarrollado con fluidez en una atmósfera grata.

Trabajarían en torno a unos libros previamente seleccionados por él, antes de comenzar el curso. Eran libros de escritores representativos y los alumnos preguntaban, discutían con bastante soltura en español, organizaban trabajos. Daniel recordaba sus clases de la Facultad de Madrid, un quinto de carrera con muchos alumnos y no todos interesados. Curiosamente, ni por un momento se detuvo a estudiar a sus nuevas alumnas. Eran jóvenes, graciosas, aniñadas, pero no detectó en ninguna de ellas el punto de coquetería sabia, adulta, que desarrollaban algunas de sus alumnas madrileñas. Recordó a Isabela y de pronto le pareció mucho mayor, una mujer hecha y derecha, una mujer exigente que reclamaba con firmeza sus derechos. Y sin embargo, era tan joven como éstas, atentas, estudiosas, que tomaban apuntes, pedían disculpas si no entendían algo, querían su atención, pero, aparentemente, veían en él a una especie de padre, nadie a quien conquistar, nadie a quien perseguir... «¿Seré yo quien ha cambiado?», se preguntó. Sus aventuras con las alumnas habían quedado tan lejos, estaba tan saturado de esas aventuras... Una de las razones que le había impulsado a aceptar la propuesta de esta Universidad era, precisamente, liberarse de Isabela. Con ella, todas las barreras admisibles se habían traspasado.

Su recuerdo le desveló totalmente. No podía olvidar la visita del padre, el encuentro entre ambos, cuando apareció en la puerta de su despacho de la Universidad y se presentó con un temblor contenido en la voz; «Soy el padre de Isabela Marqués», dijo, y Daniel sintió que algo se hundía bajo sus pies. Se levantó, le invitó a sentarse. Se dijo: «Ella es mayor de edad, tranquilízate...».

Era un hombre de aspecto impecable. Bien vestido, arrogante, una voz agradable, y bien modulada, unas facciones correctas. Reconoció los ojos de Isabela, negros, intensos, desafiantes.

—Quiero saber si es cierto que usted y mi hija han mantenido o mantienen relaciones sexuales, lo cual, si es cierto, me parece aberrante. Usted es un hombre casado. Usted tiene mi edad más o menos y no sé si sus hijos entenderían este tipo de situación...

Daniel le había mirado a los ojos en silencio. Estaban los dos de pie. Alguien llamó a la puerta y Daniel dijo: «Adelante». Un conserje le pasó un sobre con el membrete de la Facultad y mirando al otro hombre que se mantenía erguido y serio, dijo: «Perdón», y cerró la puerta.

Daniel guardó el sobre en su cartera y se dirigió al padre de Isabela, que esperaba su respuesta.

—Si le parece podemos hablar de este asunto fuera de aquí. Donde usted quiera...

Sorprendentemente, su interlocutor no opuso resistencia. «De acuerdo, ¿qué le parece en Black and White?», dijo. Y Daniel recordó un pequeño bar americano cerca de Rosales y seguramente vacío a las seis de la tarde.

—Nos encontraremos allí, en un cuarto de hora —dijo. Salieron los dos en silencio y se dirigieron en busca de sus coches.

El padre de Isabela había llegado el primero al bar y, cuando entró Daniel, ya había pedido su copa, Jack Daniel's con hielo. Daniel se sentó y dijo: «Yo voy a beber lo mismo. Es mi marca». Y señaló la etiqueta con una media sonrisa, como si estuvieran allí para tratar de un negocio y ver quién era más hábil, más seductor, más convincente. El Black and White estaba oscuro. Luces indirectas estratégicamente colocadas permitían localizar la barra forrada de cuero, los taburetes, la fantasmal camisa blanca del barman que permanecía erguido con los brazos cruzados, ajeno a los recién llegados. Por las ventanas altas, a nivel de la calle, se filtraba una luz escasa. El bar estaba en el sótano de una casa tranquila. Era un lugar sin ruidos ni música, poco frecuentado por jóvenes. A esa hora estaba vacío. Bebieron de prisa, para templar los nervios. Se miraban en silencio y Daniel pensaba en lo que iba a decir, en lo que debería decir a aquel hombre que le miraba sin agresividad, sin odio, que no había intentado pegarle o insultarle, que había aceptado la propuesta de salir del recinto universitario y encontrarse frente a frente con una copa en la mano. Entonces fue cuando el padre de Isabela había dicho: «Llámame Juan, Juan Marqués, soy economista, de la promoción del 62...». Y pidió otra copa antes de terminar la que tenía delante. Daniel supo que le estaba esperando y se lanzó a hablar, a hacer su presentación estúpida porque era obvio que el hombre que tenía delante, un poco mayor que él mismo, conocía perfectamente su identidad, su trabajo, su conducta.

—Me llamo Daniel Rivera. Y puedes pensar que soy un canalla porque lo entenderé. Sólo quiero decirte una cosa en seguida, antes de seguir hablando. Tu hija no era virgen cuando yo la conocí, cuando empezó a nacer entre nosotros una desgraciada atracción...

—No sigas, todo eso ya lo sé. Y también sé que es mayor de edad pero sigo creyendo que un hombre casado que puede ser su padre no debe

35

avivar esa atracción... Tienes un hijo de diecisiete y una hija de quince. Pronto me comprenderás, no lo dudes... El mundo ha cambiado, ya lo sé... Pero hay cosas que nunca estarán bien...

Daniel no se atrevió a intervenir, a explicar a Juan que muchas veces era él quien tenía que rechazar las insinuaciones de sus alumnas y que sólo cuando alguien tan inteligente, tan brillante y tan sensible como su hija, entablaba una relación amistosa con un profesor todavía joven las cosas podían complicarse...

—Estamos en los ochenta, Juan —empezó diciendo—. Cuando nosotros estudiábamos...

Juan le interrumpió.

—En los finales de los cincuenta, en el comienzo de los sesenta. Ya te lo he dicho. Yo terminé la carrera el año en que mataron a Kennedy. Los felices sesenta. El mundo ha cambiado mucho. Qué juventud la nuestra. La novia, la boda, los hijos... Isabela nació en el 68. ¿No te dice nada la fecha?... Y tú luchando siempre por darles todo, los idiomas, las salidas al extranjero, la libertad que tú nunca tuviste. Y luego te encuentras cerca de los cincuenta con una hija brillante y liberada y un hijo que hace lo que quiere, que le da al porro y al alcohol y a todo lo que se le pone por delante... Y descubres que no tienes esquemas, ni valores, ni fuerza, y que estás perdido, sin rumbo...

Iban ya por la tercera copa cuando Daniel con un velo de emoción en la voz prometió a Juan: «Esto queda zanjado, esto se acaba, te juro que convenceré a Isabela, terminaré con este disparate... Eres un caballero, Juan, y yo soy un canalla... No me digas que no, un padre canalla de los años sesenta...».

Cuando dos horas más tarde subieron las escaleras del bar hasta alcanzar el portal y la calle y se despidieron, los dos sabían que nunca volverían a verse, y que sus mutuas confesiones, el reconocimiento de sus destinos paralelos, de sus frustraciones y sus inseguridades, habían creado entre ellos un extraño lazo. Nunca, jamás, Daniel estaba seguro, contaría a nadie las cosas que le contó a Juan Marqués, el padre de su joven amante.

Desde el fin de semana de la playa, algo había cambiado entre ellos dos. Sobre todo en Daniel. Teresa advirtió que estaba más comunicativo. Daba muestras de una nueva confianza, un acercamiento cordial, una amistad sin reserva. Philip había comenzado sus cursos. Todos estaban entregados a sus trabajos. Coincidían a veces en el comedor a la hora del *lunch*. Durante la tarde, los profesores estaban en los despachos, recibiendo alumnos, atendiendo consultas, seleccionando libros. Luego se encerraban en sus casas para descansar. Pero quedaba el fin de semana. La noche del viernes era una noche de libertad. Por la tarde estaba el cine, las exposiciones, los conciertos.

Eran horas y lugares de encuentro que podían terminar en una u otra casa. La Universidad era una isla, un gueto, también un oasis.

Aquel viernes Daniel se encontró sin planes anticipados. De algún modo esperaba que Teresa o Philip o algún otro amigo le llamaran en el último momento para salir. Pero no fue así. Teresa ya le había advertido que tenía una cena en casa de un matrimonio de profesores exiliados ya jubilados que habían dado clases de catalán en el Departamento. Daniel sufrió una leve desilusión que desembocó en desconcierto y aburrimiento. Decidió quedarse en casa y acostarse temprano. Pero la consciencia de la noche del viernes frustrado le desveló.

Hacia las once de la noche sonó el teléfono. Era Teresa.

—¿Qué vas a hacer mañana por la tarde? Podríamos encontrarnos en la entrada del pueblo y si quieres te acompaño al Shopping Center para hacer algunas compras para tu casa... Me dijiste hace unos días que necesitabas ayuda...

El pueblo cercano era el soporte comercial de la Universidad. Allí vivían los médicos, los abogados. Allí se encontraba el núcleo comercial, los restaurantes, los cines, el gran Shopping Center abierto todo el día.

—Soy un desastre —dijo Daniel—. No estoy acostumbrado a organizar mi vida doméstica desde los años de estudiante, cuando ya al final de la carrera mi padre me compró un apartamento y me fui a vivir solo. Antes estuve en un Colegio Mayor...

Pasearon por el pueblo y ella le iba indicando los sitios mejores para resolver las distintas necesidades. En una calle, ropa, libros y música. En el *drugstore*, perfumería y farmacia. En el supermercado, todo lo demás. Caminaban por una amplia avenida de casas con jardín a los dos lados de la calle, casas de distintas épocas y estilos. De pronto, Teresa se detuvo y señaló una de ellas.

—Mira, ésta es mi casa. El granero reconstruido del que te hablé...

La casa era grande. Conservaba parte de la antigua estructura que se completaba con una fachada con grandes ventanales en el piso principal y puertas ventanas en el bajo, abiertas al jardín. Los árboles que rodeaban la casa tenían troncos anchos y sus copas se elevaban por encima del tejado.

—Desde el segundo piso, desde los dormitorios, se ve el bosque, el gran bosque que rodea la Universidad. Campus Place, donde tú vives, está detrás del bosque y está orientado hacia aquí. Así que ya sabes. Si te asomas a tu ventana y miras al bosque estás mirando, aunque no la veas, hacia esta casa...

Daniel creyó percibir un matiz de burla en las últimas palabras pero Teresa ya había cambiado de conversación y preguntaba.

—¿Quieres que cenemos cerca de aquí? Conozco un sitio encantador. Cocina mexicana. Podemos cenar pronto y retirarnos temprano. Yo tengo trabajo atrasado y quiero madrugar y aprovechar el domingo.

El despacho del Departamento tenía un amplio ventanal que se abría al oeste del campus. La violencia vegetal de América se extendía hasta perderse más allá de los límites que podía abarcar la vista. Un último rayo de sol traspasaba el cristal y se reflejaba con suavidad en el retrato del primer rector de la Universidad, un óleo ennoblecido por el paso de un siglo.

En Madrid, el salón del piso que habitaban desde hacía pocos años, también estaba abierto al oeste y desde su terraza Daniel contemplaba los impresionantes ocasos de la ciudad. Rojos atardeceres, atardeceres rosas, morados y malvas. Pero había una diferencia con su actual residencia. En este despacho de la Universidad y en el apartamento de Campus Place tenía horas libres, tiempo que le pertenecía por completo, silencios que nadie intentaba destruir. En su nueva soledad no le costaba trabajo seguir el curso del pensamiento, el juego de percepciones y asociaciones de ideas que fructificaba en un descubrimiento estético, el origen, a veces, de un poema. Después de mucho tiempo, aquí había recuperado la capacidad creativa que creía oscurecida para siempre. ¿Duraría tan sólo el tiempo que estuviese en este retiro, lejos de la prisa acuciante de la gran ciudad y sobre todo, lejos del irritante acoso de Berta? Porque no era el ruido exterior el que le perturbaba en su casa de Madrid. Los ruidos de la calle eran ruidos ajenos que le fascinaban y le protegían de los sonidos cercanos y pequeños, cuyo origen descifraba al instante para su irritación.

Aquel piso espléndido era precisamente lo que más le gustaba de vivir en Madrid. En cualquier estación del año, la terraza del salón le ofrecía un espectáculo único: la luz del sol durante el día y la luz nocturna que arrojaban cientos de ventanas iluminadas, farolas centelleantes, estrellas encendidas en lo alto. En invierno, cuando era impensable salir a la terraza, giraba su butaca hacia el cristal y se sumergía en la contemplación de la noche. Pero todo eso ocurría en las noches de insomnio, mientras los demás dormían y él estaba solo.

Ese mediodía al salir de la Biblioteca, Teresa caminaba detrás de un grupo de estudiantes italianas. Hablaban alto, reían y gritaban y una de ellas le recordó a Francesca, una amiga de su primera juventud. En sus largas confidencias, las dos se planteaban una vieja pregunta: ¿Qué es más fácil, entenderse con un compatriota, por elemental que sea, pero al que nos unen colores, olores, paisajes, costumbres y sobre todo el idioma? ¿O con alguien culturalmente afín, con quien participar a la vez de todo, literatura, ideas, música, pero con otro idioma materno, otros reflejos condicionados?

Luego, las dos se habían casado con americanos inteligentes, cultos, con dedicaciones profesionales afines. Un investigador de biología en el caso de Francesca que se había doctorado en Medicina y un catedrático de Sociología en el caso de Teresa. Y las dos se habían divorciado...

El teléfono sonó a primera hora de la tarde en el despacho de la Universidad. Era Teresa.

—*Me gustaría hablar contigo. Quiero enseñarte algo verdaderamente interesante que me envían de una revista. Es sobre España. Lo firma un profesor del País Vasco y se titula «Memoria y olvido»... ¿Podrías pasarte por casa cuando quedes libre? Ya conoces la dirección. Te espero a las seis...*

Daniel estaba muy de acuerdo con el punto de vista del articulista. Una pregunta palpitaba en cada línea a lo largo del texto. ¿Por qué la transición tenía que haberse hecho basándose en el olvido? La memoria histórica era necesaria, fundamental.

—Es un punto de vista muy frecuente entre los exiliados y sus hijos —dijo Teresa—. Me lo ha enviado Robert y yo quería que tú lo vieras y opinaras. Tú, que vives en España y conoces muy bien cómo se siente y cómo se ha vivido esta etapa...

Daniel preguntó: «¿Quién es Robert?». Y ella, con un gesto de extrañeza, contestó: «Robert es mi ex marido. Creía que lo sabías, que sabías su nombre...».

Una sensación desagradable que no se atrevió a llamar celos pero que tenía que ver con el despecho hizo exclamar a Daniel:

—No sabía que tuvierais tan buena relación.

—¿Por qué no? —preguntó Teresa—. Me interesan los temas de pensamiento, la investigación sociológica y sobre todo los análisis políticos. Robert lo sabe... Y yo le agradezco su deferencia conmigo, al enviarme este artículo.

Daniel guardó silencio. Estaban en el estudio de Teresa, un pabellón acristalado, en la parte posterior de la casa. Cuando Daniel llegó, Teresa le había conducido directamente allí, advirtiéndole: «Éste es mi verdadero refugio. Mi cuarto de jugar cuando era niña. Mi lugar de trabajo ahora que ya no necesito jugar».

Las ventanas abiertas daban al jardín, un rectángulo de césped con parterres de flores. Bajo la ventana, pequeños macizos de tomillo, lavanda, romero. Un aroma a tierra seca transportó a Daniel a las tierras de Castilla.

—Huele a la tierra de mi madre, de mis abuelos maternos —comentó—. Tenían muchas fincas en la parte alta de Palencia y cuando íbamos a verles las recorríamos a caballo desde muy pequeños...

—Mis abuelos paternos también vivían en el campo —dijo Teresa—. En La Rioja, entre Navarra y Álava... Pero yo no les visitaba mucho. Los veranos que más recuerdo son los catalanes, los del Ampurdán. Una tierra hermosísima. La tierra de mi madre... Cuando mi padre plantó todo esto, lo hizo pensando en las dos tierras.

Robert y su revista y el artículo habían quedado atrás. La evocación sensorial había despertado en ellos un sentimiento común, el retorno momentáneo al territorio brumoso de la infancia.

—Ves —dijo Teresa—, con Robert yo no podía hablar de esto...

Estaba lanzando mensajes cifrados, destellos desde un faro, bengalas reclamando la atención de alguien que, al recibirlas, adivinara la existencia de un náufrago.

Daniel escuchaba en silencio. Y cuando habló había amargura en sus palabras.

—Lo que dices es verdad sólo a medias. Porque yo estoy casado con una mujer que reconocería ese aroma, pero es igual porque tampoco despertaría en ella la nostalgia del tiempo perdido. No. Yo creo más en la sensibilidad individual que en la colectiva.

Al salir del despacho aún resonaba en sus oídos la voz de Berta.

—*Te entiendo. Mensaje recibido... No te llamaré más que una vez a la semana o antes si hubiera peligro de muerte de uno de nosotros... Tú llama cuando quieras. Siempre me encontrarás clavada en el mismo sitio...*

Le llamaba indistintamente al despacho o a su apartamento y siempre terminaba con alguna queja, algún resentimiento.

Cerró la puerta y se dirigió caminando hacia Campus Place. Las charlas telefónicas con su mujer le entristecían. El mundo pequeño que ella habitaba le deprimía. Las noticias de ese mundo se infiltraban en su cerebro, emborronaban el curso de su pensamiento que seguía otros derroteros en el momento de la llamada. A veces, apartaba el auricular, incapaz de soportar el tono de voz de Berta, su exaltación cuando quería transmitir una anécdota trivial, su agobio con los hijos, la asistenta, el dinero. El dinero era el último argumento para justificar su desasosiego. Necesidades de dudosa importancia, deseos incumplidos que le asaltaban intermitentemente. Un trasfondo de frustraciones varias, un descontento antiguo, un asomo de ira contra él por quien había sacrificado la juventud irrecuperable y los sueños cinematográficos de esa juventud. «No es esto, no era esto lo que yo esperaba», parecía decir. No era aquello lo que prometía el joven atractivo, el entusiasta universitario, con un buen puesto de ayudante en la Facultad y un libro de versos recién publicado entre los cuales había un poema dedicado a ella...

El día había sido largo. Teresa veía pasar las horas sin que su trabajo avanzara en la dirección prevista y al ritmo que en ella era habitual. Hacía mucho tiempo que sólo el trabajo intelectual, el que le exigía una concentración intensa y prolongada, era capaz de proporcionarle algo parecido a la felicidad. La lectura de textos inteligentes, sobre temas que le apasionaban. El placer de sumergirse en el pensamiento de los otros era incomparable a cualquier otra actividad. Recordó que eso era lo que decía Beatrice. La mujer de su padre había sido una influencia decisiva para ella en sus años de universidad. Dueña de una gran claridad de mente, Beatrice la había guiado a través de sus dudas, de sus sectarismos juveniles.

Después de una etapa de feminismo feroz, Teresa había evolucionado hacia un concepto global de humanismo. Era necesaria una relación equilibrada de hombres y mujeres, la cooperación y el entendimiento de los dos sexos en el trabajo y en la vida personal.

Hombres y mujeres. Historia de siete parejas famosas era el título provisional de su trabajo y el punto más interesante consistía en que las mujeres de las parejas elegidas tenían la misma profesión que el hombre. Entre la historia, la sociología y el reportaje periodístico, el libro, porque iba a ser un libro, era la causa principal de su retiro a esa ciudad universitaria, y a esa casa donde esperaba encontrar la paz. La presencia de Daniel había alterado su tranquilidad. Daniel había despertado en ella un interés excesivo. Percibía en él un cierto desamparo de hombre solo, hombre incapaz de resolver los pequeños problemas prácticos, que le había impulsado a ayudarle. Pero eso no era todo. Desde el primer momento surgió entre ellos una corriente de simpatía que, en su caso, se había ido convirtiendo en una necesidad de acercarse a él, de crear situaciones que llevaran a esa cercanía. El deseo de estar a su lado confirmaba a Teresa la autenticidad de una atracción espontánea que la preocupaba. Una duda en cuanto a Daniel: ¿Era la suya una respuesta superficial a la simpatía que los acercó en seguida? ¿O era una atracción parecida a la que ella sentía? Desde su divorcio Teresa había iniciado más de una relación amorosa pero ninguna de ellas había llegado a progresar. En ninguna había perdido de vista su intención de no arriesgar vida y trabajo por un hombre.

Eran situaciones asépticas, con un fondo de escepticismo, que le dejaban un sabor ligeramente amargo pero que no llegaba a alcanzar las capas

más profundas de su ser. Y ahora, de modo imprevisto, surgía una necesidad diferente, inclasifica-
ble, cuyo desarrollo era imposible de predecir.

La contemplación del trabajo paralizado, los libros sobre la mesa, las fichas desordenadas, la irri-
tó. Sin dudar cogió el teléfono y marcó un número. Un contestador al otro lado del hilo repitió
monótono la consabida grabación, en dos idiomas:
«Si usted quiere dejar un mensaje...». Teresa obede-
ció la sugerencia: *«Soy Teresa. No puedo verte esta
tarde como habíamos planeado. Tengo que trabajar...».*

Suspiró satisfecha del paso dado, pero siguió
sin concentrarse en el trabajo.

Al entrar en casa, el mensaje de Teresa le sorprendió.

«No puedo verte... Tengo que trabajar.» «No es
mi día», se dijo. Porque tenían previsto, Teresa y
él, dar un breve paseo hasta la casa de unos amigos
de Teresa, Bob y Joyce Stone. Él era poeta y profesor de literatura inglesa. Ella, pintora. «No es
mi día», se repitió. Una total seguridad siguió a la
sorpresa inicial: «No es verdad, el trabajo es sólo
un pretexto. La explicación es otra». Su inquietud
fue en aumento al sospechar que esa llamada, esa
disculpa obedecía a una causa que Teresa no quería revelar. Un fuerte sentimiento de decepción le
abatió. Necesitaba verla. Necesitaba tenerla cerca,

a su lado, como había estado casi todos los días de las últimas semanas. El descubrimiento de esa necesidad repentina, de ese reflejo doloroso producido por la ausencia de Teresa, le sumió en un estado de confusión.

«¿Por qué esta desmesurada reacción?», se preguntó. La respuesta no llegó a formularse. Porque el teléfono había empezado a sonar insistentemente y Daniel se lanzó a su mesa, lo descolgó y antes de poder preguntar, hablar, sonó en sus oídos la voz de Teresa, sonora y rotunda, en su español melódico.

Sólo dijo:

—*En un cuarto de hora estaré ahí.*

Había aceptado con naturalidad el cambio de planes y la llegada de ella, un poco sofocada.

—Un cuarto de hora justo —dijo mirando su reloj—, como te había anunciado...

Luego se hizo el silencio, hasta que fue Daniel quien se acercó a ella, puso las manos en sus hombros y preguntó.

—¿Por qué has venido?

Era una pregunta suave, pero Teresa creyó percibir un leve tono de burla o engreimiento, un matiz de triunfo quizá.

Con brusquedad, se alejó de él y apresuradamente intentó explicar:

—Me molestaba estropear tu tarde, el plan con el que ya contabas...

No pudo continuar porque él la abrazó violentamente. Y cuando la besó, los dos supieron que la suerte estaba echada y que una nueva aventura vital se había iniciado entre ellos.

Desde aquel día, empezaron las confidencias. Un deseo irrefrenable de conocerse, de poseer el pasado del otro, les conducía a largas conversaciones. Intercambiaban datos, reflexionaban sobre las personas y las circunstancias que habían cambiado sus vidas.

Teresa era concisa, escueta. Daniel era barroco. Fabulaba, daba muchos detalles, interpretaba. Desvelar cada episodio de su vida anterior le llevaba un tiempo y un esfuerzo considerables. Quería justificar a toda costa sus errores, buscar causas, encontrar culpables. Exageraba y convertía pequeñas anécdotas en argumentos decisivos. Ella, paciente y comprensiva, intentaba desdramatizar, colocar las cosas en su sitio.

Hablaban de la infancia. «No conoces a nadie si no conoces su infancia», decía Teresa. Y ellos necesitaban conocerse mejor.

Teresa confesaba: «Nunca quise tener un hermano. Pero me di cuenta más tarde de lo importante que hubiera sido ese testigo de mi infancia.

Sobre todo cuando nos fuimos de España y sólo podía alimentarme de mi memoria. Los padres tienen una percepción del mundo distinta de la que tienen los niños. Y sólo pueden darnos testimonios fiables de su percepción de adultos...».

Y Daniel: «De mi infancia recuerdo sobre todo los veranos del norte, en la casa de mis abuelos paternos. Una casa alegre llena de niños, mis hermanas y yo y muchos amigos...».

Los recuerdos se mezclaban con la historia de España.

Daniel se justificaba.

—Mi padre hizo la guerra en «zona nacional» porque allí le tocó. Ya había terminado Medicina, en 1935, y pensaba establecerse en Oviedo pero su familia era demasiado conocida. Mi abuelo había sido un hombre muy comprometido durante la revolución de Asturias. Era ingeniero y se puso del lado de los mineros. Estuvo unos meses en la cárcel y al empezar la guerra se refugió en la casa de la costa. Así que mi padre se trasladó a Salamanca, abrió allí su consulta y conoció a mi madre. Mi padre había recibido una educación muy liberal. Pero mi madre era todo lo contrario. Familia retrógrada, ganaderos y agricultores, dinero rural... A mi padre no le gustaba hablar de la guerra. No le gustaba hablar de política. Aceptó las ideas de mi madre y nos educó, a mis hermanas y a mí, en colegios religiosos. Yo tuve mi crisis en la adolescencia y dejé de ir a misa. Mis hermanas, al parecer, no tuvieron crisis.

En aquel punto intervenía Teresa.

—Mi padre se exilió voluntariamente en los cincuenta. Fue una huida de un mundo mezquino y hostil. En esa época hubo una nueva diáspora entre jóvenes profesores, médicos, intelectuales, que no veían clara la evolución del país. Fue un exilio cultural y social. No era huir de la cárcel o de las represalias. Pero fue una decisión política. En realidad todo es político. No se puede vivir en la censura, la oscuridad, la estrechez mental... Recuerdo muy bien el viaje a Nueva York. Mi padre tenía buenos amigos entre la gente de la Columbia. Le buscaron trabajos no muy importantes pero suficientes para que pudiéramos vivir. Traducciones, clases privadas, conferencias. Él tenía una espléndida formación clásica. Además leía inglés y francés y como historiador había publicado un par de libros pero después de la guerra su carrera quedó paralizada. Su interpretación de la historia no tenía nada que ver con la cultura oficial de la posguerra...

Hablaban de la infancia. La infancia era una referencia constante. Allí, era evidente, se escondían tesoros. Sensaciones y sentimientos irrepetibles, sueños apenas expresados. En la infancia encontraban zonas inexploradas que explicaban sus reacciones de adultos. Iluminaban las sombras del pasado, averiguaban las raíces de su encuentro, no del casual y geográfico, sino del encuentro profundo entre dos seres hasta entonces desconocidos. ¿Qué fracasos y carencias anteriores, o bien qué deslumbramientos les habían llevado a este presente sin calcular los riesgos y los límites?

Un clima de proximidad exaltada envolvía a Teresa y a Daniel. Una necesidad de salvar las distancias, de intercambiar experiencias personales. Era una forma de entrega del pasado. Una urgencia de comunicar lo más exactamente posible verdades objetivas. Un empeño por convertirse en viejos conocidos, saltando sobre años de desconocimiento y lejanía.

No era una narración ordenada. Surgía en sus charlas ante un estímulo que provocaba la confesión, de los dos, cuando el asunto desvelado, la anécdota de uno despertaba en el otro un recuerdo parecido o, por el contrario, radicalmente opuesto.

La fuerza de lo evocado les dejaba a veces silenciosos en un proceso de asimilación que les llevaba de inmediato a interpretar el presente a la luz del pasado.

En una ocasión había dicho Daniel: «Te estoy contando cosas de las que nunca he hablado con nadie porque nunca encontré a nadie interesado en saberlas, nadie que deseara escuchar...».

Y Teresa: «¿Puedes imaginarte mis reservas cuando tuve que adaptarme de muy niña a este país, a esta forma de vida y de relación tan distinta a la que respiraba en casa? Tampoco yo he hablado demasiado de mí». Estaban intentando reconstruir sus vidas. Las recreaban y las intercambiaban. Las confidencias les serenaban y al mismo tiempo les dejaban desnudos, vulnerables, y a veces se resentían de esa vulnerabilidad derivada del mutuo conocimiento.

Aunque vivía cada uno en su casa, aunque aparentemente nada había cambiado en sus vidas, la gente que les rodeaba daba por hecha su relación y les invitaba con naturalidad como pareja.

Los Stone fueron los primeros que aceptaron abiertamente la nueva circunstancia. Poco tiempo después de la prevista y frustrada visita, Teresa volvió a hablar de ellos.

—Me he encontrado a Bob Stone y me insiste en que vayamos a verles. ¿Qué tal mañana? Tienen ganas de conocerte...

Así que fueron y se encontraron con una fiesta en su honor. Una fiesta íntima, sólo Bob y Joyce y sus dos niñas que habían preparado una mesa adornada con flores y jarras con bebidas tropicales de colores.

—En seguida pasaremos al alcohol —dijo Bob—. Pero ellas tenían tantas ganas de ver a Teresa y a su *boyfriend*... —dijo Joyce con su inglés cadencioso del sur.

Brindaron y bebieron y cuando las niñas se retiraron a su cuarto después de una canción acompañada por su madre y de besar efusivamente a todos, fueron los adultos los que brindaron con champán californiano, por Teresa y Daniel y su felicidad y porque ellos también eran felices al ver a Teresa alegre.

Bob y Joyce eran jóvenes y hermosos y vivían con sus niñas en un pretendido aislamiento, en un primitivismo adoptado que llevaba a Joyce a cocer su propio pan y a tejer telas.

A petición de Daniel, Bob les leyó sus poemas con el entusiasmo de un gran actor y Daniel decidió en el ardor de las copas que era importante hacer una traducción al español y que él se encargaría de gestionar su publicación en alguna de las colecciones conocidas. Luego, vieron los cuadros de Joyce que eran frescos y alegres con un aroma naif inconfundible. Rieron y charlaron y oyeron música peruana en honor de los dos españoles.

De regreso, Daniel estaba callado y un poco melancólico.

—¿Es por la poesía? —preguntó Teresa.

Y él, de algún modo, se ofendió.

—No, por supuesto que no... Ha sido un placer oírle recitar sus poemas. Con el texto en la mano era fácil seguirlos...

La poesía era un tema recurrente que aparecía en distintos momentos, desde el día en que, para su sorpresa, Daniel se había enterado de que Teresa conocía su libro de versos. Le había hablado en diferentes ocasiones de ese libro.

—Me parece increíble que hayas escrito esos

versos a los veintitrés años y que luego no hayas continuado...

Él trataba de explicarle que antes, cuando era joven y libre, cuando escribió ese libro, vivía inmerso en un estado de ánimo que desembocaba en la escritura. Horas de concentración, absorto en un punto cercano o lejano; un objeto de su cuarto, un paisaje adivinado más allá de la ventana, un árbol, una nube. Era un estado de somnolencia y a la vez hipersensibilidad en el que se sumergía, absolutamente ajeno a todo lo que no fuera la palabra huidiza, necesaria para explicar aquello que le embargaba por completo.

—¿Cuándo lo perdí para siempre? —decía pensativo dirigiéndose más a sí mismo que a Teresa—. Yo creo —se contestaba— que fue cuando la realidad inmediata me absorbió y fue ocupando mi terreno personal, mi intimidad. Cuando empecé a participar de la realidad superficial de objetos y personas. De la vulgaridad que se fue adueñando de mi vida. En los momentos de consciencia de esa pérdida sólo quería llegar al embotamiento. Lo cotidiano, con su carga de exigencias ineludibles, marcó el rumbo de mi vida. Me era imposible aislarme, recuperar mis momentos de soledad total, de diálogo conmigo mismo. Yo pensé: «He alcanzado la edad adulta...».

A principios de octubre, el curso de la Universidad se encontraba en plena efervescencia. Conferencias, mítines, sesiones de trabajo. Un otoño rojizo y brillante extendía su capa sobre los árboles del campus. El frío barría las hojas caídas. Los paseos a los bosques cercanos se volvían más breves, se encogían con la anticipada puesta de sol. Al mismo tiempo, los contactos sociales de Daniel se multiplicaban. Profesores que le invitaban a sus casas. Alumnos y alumnas que acudían a su apartamento a tomar el té y a discutir temas del curso.

Teresa estaba embebida en su trabajo sobre las parejas famosas. Pasaba horas en la Biblioteca de la Universidad que permanecía abierta hasta las dos de la madrugada.

—A medida que avanzo me parece más interesante este tema —le decía a Daniel, que había acudido a su casa para recogerla aquella tarde—. Es tan sugerente. Sin querer, te vas implicando más y más. Quieres seguir buscando datos, memorias o biografías de gentes de la época. Opiniones de eruditos que han hablado del hombre o de la mujer de cada pareja... Fíjate, estoy pensando en los Curie y me pregunto lo que debe ser una unión profunda, por identificación con lo que hacen, de una pareja de profesionales a la búsqueda de algo difícil y trascendental... Es decir, si los Curie estuvieron de verdad unidos por el amor, ¿qué grado de exaltación alcanzarían compartiendo también el descubrimiento científico? ¿Por qué la pareja del siglo XX desdeña en tantos casos el valor de una relación entre iguales superiores y desciende a una relación poco evolucionada intelectualmente? ¿Impide la relación amorosa la exploración en común de un mundo apasionante, ciencia, filosofía, arte, incluso política?

Daniel escuchaba en silencio. Teresa le incitaba a opinar, a reflexionar sobre lo que ella veía, o creía ver, tan claro.

—Quieres decir que rechazas las parejas desiguales. Las parejas en las que uno de los dos, y suele ser el hombre, es superior al otro por su formación cultural, por la importancia de su trabajo. ¿No es así? Estás sugestionada con el trabajo que tienes entre manos. ¿Cómo era? «Parejas famosas.» Pero ¿no puede ocurrir que en una de esas parejas famosas haya una víctima? Quiero decir que la relación fuera perfecta a costa de uno de los dos, el que tuviera que renunciar a otras cosas. En el caso de la mujer, a los hijos por ejemplo. Y en el caso del hombre a su individualidad, a su libertad personal...

—No te entiendo —dijo Teresa—. No te entiendo —repitió—. ¿Tú crees entonces que la mujer no tiene derecho a su libertad personal, a su individualidad? ¿Tú crees que lo único que corre peligro en una entrega como la de los Curie, por ejemplo, es que María Curie no pudiera dedicarse a ser madre, cosa que, entre paréntesis, consiguió? No me hagas trampas. Yo digo que debe de ser maravilloso tener la suerte de vivir un amor y una identificación perfecta con el trabajo que están haciendo dos personas o que está haciendo uno con la colaboración del otro. Y también añado que hay otras escalas de esa situación. Simplemente una coincidencia de la pareja en los mismos intereses culturales y en el interés de uno en la profesión del otro. No necesariamente tienen que tener la misma profesión... Se trata de tener una afinidad, un equilibrio...

Daniel se levantó de su asiento y dijo:

—Tenemos que suspender aquí la discusión. No sé si te das cuenta: son las ocho y habíamos quedado citados a las ocho y media con los Bernard... Por cierto, he ahí una pareja desigual que funciona muy bien al parecer... Ella es una típica ama de casa y él un estupendo especialista en Cervantes...

Al regresar después de la cena y de dejar a Teresa en su casa, el teléfono sonó. La voz de Berta irrumpió en el apartamento silencioso.

—... *Me ha dicho Esther que ahora o nunca. Ya sabes que yo siempre he tenido la idea de esa urbanización. Hemos pasado allí la tarde y no sabes cómo se está... No creas, están muy bien de precio porque han hecho una ampliación, una calle completa de chalets y están muy interesados en venderlos a gente seria, bien, y a ser posible presentada por alguien de la urbanización... Tú dirás lo que quieras pero ahora se va divinamente por la M-30... Bueno, yo pensaba que vendiendo el piso de la Castellana y tu apartamento... No me grites, por favor, o te cuelgo...*

En el último año de carrera su padre le había comprado un apartamento. Las hermanas de Daniel habían protestado pero su madre dijo: «Vosotras no estudiáis y no creo que necesitéis trabajar. Así que cuando os caséis ya tendréis vuestra casa, no un apartamento, un piso como Dios manda...».

El apartamento estaba cercano a la Ciudad Universitaria. Tenía una habitación muy grande, un baño, una cocina pequeña: los primeros alardes del desarrollo económico de los sesenta. Después de casarse, Daniel mantuvo el apartamento para dejar una buena parte de sus libros y también para encerrarse a trabajar si alguna vez lo necesitaba. La primera vivienda que tuvieron era pequeña y cuando nació el primer hijo no había un rincón tranquilo. Daniel se refugiaba en el apartamento y allí, corregía exámenes, leía, trabajaba. Después de dos años de bibliotecas y fichas, allí redactó su tesis doctoral, en largas tardes de otoño, en tardes oscuras de invierno, en inquietantes tardes primaverales. Cuando se cansaba se tumbaba en el sofá-cama en el que dormía cuando era estudiante. Sobre su cabeza, la paloma de Picasso y un póster del Che Guevara decoraban esa pared. Bajo la ventana, en una mesa alargada, se extendían sus folios, al lado de la máquina de escribir. Una estantería que ocupaba la pared más larga acogía sus libros.

Después de una crisis ligeramente depresiva a raíz de la boda, cuando Daniel se dio cuenta de que había hipotecado su vida, sobrevino una etapa de tranquilidad. Resignado a la nueva situación, había conseguido separar los dos mundos: la familia, el hogar, por una parte y por otra el trabajo. Y esta segunda le proporcionaba muchas satisfacciones.

Aquellos primeros años de matrimonio, cuando salía de la Universidad al final de las clases y después de un rápido almuerzo en la cafetería, se dirigía al apartamento, una deliciosa sensación de independencia, de libertad preservada, se mezclaba con otra que había llegado a ser agradable: la seguridad del regreso, al caer la noche y encontrar un hogar ordenado, una Berta entregada al hijo que crecía día a día. Fue una etapa breve y feliz de acuerdo con el patrón de felicidad que él mismo había aceptado. Berta no era especialmente apasionada pero cumplía con sus deberes de esposa siempre que él lo requería. Dos años después, un segundo hijo, una niña, vino a transformarlo todo. Berta se quejaba. Estaba cansada; no había dinero para mantener una ayuda fija, le agotaba la casa, los dos niños. Daniel preparaba la oposición a cátedra y la obtuvo. A los seis años de matrimonio ya tenía dos hijos y una visión optimista de su futuro profesional, a la vez que la incipiente amargura de Berta se detuvo por un tiempo y una corta etapa de euforia presidió su vida familiar. Vendieron el pequeño piso de los primeros tiempos y con la ayuda de los padres de él compraron un ático en la Castellana, luminoso y confortable.

Habían pasado doce años en el ático y ya hacía tiempo que Berta estaba descontenta. Una moda reciente entre sus amigas exigía un cambio a una casa de verdad, con jardín, en los alrededores de la ciudad. Ahora, en su ausencia, el deseo de la casa había ido creciendo. «Venderemos el piso de la Castellana y el apartamento...» Daniel temió por su refugio, el último refugio de libertad que le quedaba. Berta había odiado siempre aquel apartamento. Simbolizaba la vida anterior de Daniel, la vida de soltero y, más tarde, la huida del hogar. Se había negado a visitarlo hasta poco antes de la boda cuando decidió recoger las cosas de Daniel que podían serles útiles en su nuevo piso. Al principio del noviazgo, cuando él la invitó a acompañarle a dejar un paquete de libros, ella se negó en rotundo. «No creerás que voy a meterme en un piso contigo, así de golpe y solos los dos», había dicho. Y Daniel tampoco le insistió porque en el fondo había preferido mantener intacto ese espacio suyo, frente a la creciente avidez inquisitorial de Berta. Fue precisamente cuando nació el segundo hijo y compraron el hermoso piso de la Castellana cuando él empezó a utilizar el apartamento también como lugar de sus aventuras con alumnas. Las citaba en pequeños grupos para comentar algún tema de trabajo, prestarles un libro. Luego, cuando había una elegida, acababa llevándola sola. La primera, lo recordaba muy bien, venía de provincias. Era el comienzo de los setenta y él se consideraba un privilegiado, dueño de unos metros de independencia, insólita en una época de represiones y censuras. Daniel nunca había querido venderlo. Aquel apartamento sería siempre su guarida, la defensa de su intimidad, la parte de su vida no traicionada. Aunque iba a significar la traición a su otra vida.

Estaban descansando en el salón de Teresa, después de asistir a una larga conferencia de un filósofo inglés sobre el concepto del amor en el final del siglo XX. Teresa dijo:

—Hablar del amor sólo se les ocurre a personas maduras. El amor entre jóvenes no se analiza. Es una cuestión de azar. La reflexión y el autoanálisis encierran un fondo de duda, ¿de culpa? En todo caso de experiencia...

—Yo no me siento culpable de nada —dijo Daniel—. Pero tampoco intento analizar a nadie. Creo que sólo podemos hablar de nosotros mismos —añadió—. Por otra parte es absurdo hablar del amor en general...

Entonces, Teresa dijo:

—Háblame de Berta y de tu matrimonio.

—¿Qué quieres que te cuente? Mi matrimonio fue el más convencional de los matrimonios. Berta era la señorita de Madrid. Con pretensiones. Padre abogado, muchos hijos, esquemas tradicionales para todo. Era graciosa, desenvuelta, guapa. Me la presentó uno de sus hermanos. No había estudiado más que el bachillerato. No había trabajado nunca. Pero era rápida y divertida y tenía la soltura, la seguridad en sí misma de la gran ciudad. Y no olvides que yo era un chico de provincias... Era una buena chica, me parecía una buena chica. Como mis hermanas, como mi madre... Yo había tenido alguna aventura breve con chicas fáciles... Sí, ya lo sé, hablo como mi padre, como la gente de la época de mi padre. Pero es así. Yo seguía, sin darme cuenta, los esquemas familiares... En los años sesenta todavía era difícil liberarse de prejuicios... En la Universidad tenía amigos de izquierdas, leíamos y discutíamos todo lo que caía en nuestras manos. Literatura marxista, autores prohibidos. Pero era todo muy teórico, en mi caso. Yo estaba obsesionado con la poesía. En aquella época todo lo que no fuera poesía no me interesaba. Leía otros libros porque me lo imponían las circunstancias. Pero leía literatura constantemente con pasión, yo quería escribir y escribir poesía. Berta entró en mi vida de modo absurdo. Aparentemente estaba enamorada de mí. Yo estoy seguro de que si hubiera encontrado un ingeniero o un arquitecto le hubiera ido mejor. Pero me encontró a mí. Yo había terminado la carrera y era un modesto ayudante de literatura española. Escribía artículos en revistas literarias, tenía amigos, preparaba un libro de versos...

—¿Y tus compañeras de facultad? ¿No eran

estimulantes? —interrumpió Teresa con cierta ironía.

—No creas. La mayoría me parecían pedantes y suficientes. Insoportables... Pero déjame que termine la historia de Berta... Fuimos novios dos años con varias interrupciones, riñas, reconciliaciones... Y no sé si estaba o no enamorado... Me ocupaban la cabeza otras cosas. Estaba dándole vueltas a la tesis doctoral, pensaba en la cátedra. Tenía muy buen ambiente entre los catedráticos mayores... Me casé en 1968. Fíjate..., el año de las rebeldías. Berta estaba empeñada en casarse. Y yo tenía un compromiso ético que era muy importante en aquella época en España. Meses antes nos habíamos acostado por primera vez. Berta era joven, guapa, apetecible. Era inevitable llegar al final de una iniciación que había avanzado lentamente después de un periodo de caricias, besos, forcejeos fortuitos en cines, parques y rincones oscuros. La sórdida y vergonzante iniciación de los sesenta. Ella había accedido un día, en una excursión a la sierra en la moto que me había prestado un amigo. "Pero con una condición —me dijo—, que nos casemos lo antes posible".

»Yo cumplí lo prometido. La culminación de aquel arrebato sexual me condujo hasta la decepción y el aburrimiento de la boda y los días que llegaron después. La iglesia, el Palace, la luna de miel en Marbella, todo como ella lo quiso. Marbella me horrorizaba pero al menos no creía que allí fuera a encontrarme con nadie de mi ambiente. "Verás qué divertido", había dicho Berta. "Por

65

allí encontraremos caras conocidas, la gente de las revistas..." Al regresar de aquel hotel de lujo, de aquellos restaurantes donde aparecíamos los dos cogidos de la mano como a ella le gustaba y donde nadie nos miraba ni se preocupaba de nuestra presencia, Berta había resumido mi estado de ánimo muy bien. "Qué raro eres, hijo, en todas partes estás mal." Y era verdad, pero por qué tan pronto, me preguntaba, por qué esa lucidez inmediata, después de dar el paso definitivo, después de aceptar las condiciones de ella...

»Al volver del viaje de novios ya me encontré pensando, paralizado de asombro: "¿Para toda la vida?... No puede ser...". Las propuestas, los planes de Berta se habían ido realizando como en un sueño, en un vértigo, como los preámbulos de una fiesta que no tenía que ver conmigo pero a la que yo estaba fatalmente invitado.

»Había sido débil y estúpido. "Fíjate Pablo y Elena —le dije a Berta al poco tiempo—, se han casado en la más absoluta intimidad. Sólo los padres de los dos".

»Ni viaje habían hecho. "Esperaremos a las vacaciones", dijeron. Porque trabajaban los dos y al día siguiente estaban en la Facultad, cada uno en su aula. Al final de las clases, en un bar de Princesa nos invitaron, a los compañeros, a tomar unas copas para celebrarlo...»

Daniel hizo una pausa. Se levantó y se sirvió un whisky con soda. «¿Quieres?», preguntó a Teresa. Y ella negó con un movimiento de cabeza.

Daniel paladeó un instante su bebida y luego continuó su confesión.

—Empecé a sentirme víctima en seguida. Luego, durante un tiempo pasé a ser verdugo. Me negaba a todo. Bautizos, cenas familiares, aniversarios. Pequeñas venganzas. Pequeñas revanchas casi siempre injustas. Pero aquello duró poco. Después volví al papel de víctima. Renuncié a tomar las riendas y ella era la dueña absoluta de su casa, de sus hijos, de su forma de vida. Yo me había refugiado en mi trabajo, en mi mundo universitario. Viajaba solo, asistía a conferencias y actos culturales solo. Y únicamente compartíamos la vida social con sus amigos. Yo era ya un catedrático popular, querido y valorado. Y empecé a buscar un rayo de luz en las citas con las alumnas...

—¿Las alumnas? —preguntó Teresa. Parecía sorprendida. Y Daniel se sintió de pronto muy cansado.

—Sí, las alumnas —dijo—. Pero eso lo dejaremos para otro día...

La larga disertación sobre su matrimonio le había agotado. Teresa no hacía comentario alguno. Se había quedado silenciosa y abstraída.

—¿Qué te ocurre? —preguntó Daniel. Y ella le miró con una sonrisa indecisa, un poco triste.

—Nada —contestó—. Sólo que lo has descrito muy bien, muy fríamente, muy objetivamente y me he quedado anonadada... Perdóname pero me ha parecido todo deprimente y mediocre y ajeno... Como si no fueras tú el que hablaba de su vida...

Daniel se acercó a ella, que permanecía sentada en su butaca habitual, frente a la ventana del jardín. Pero ella no se inmutó.

—¿Te molesto? ¿Quieres que me vaya? —preguntó él con una voz baja y suave. Porque se daba cuenta de que un dolor extraño se desprendía de la postura de Teresa, de su cuerpo que se iba hundiendo, con la cabeza incrustada entre los hombros, los brazos caídos, colgando a ambos lados de la butaca.

Ella siguió callada, después de un tiempo dijo:

—No quiero que te vayas. Pero me has parecido cruel y durísimo en la descripción que has hecho de tu mujer y de ti mismo y de vuestra historia de amor...

La noche se iba adueñando de la habitación, iluminada sólo con la luz de la calle. Daniel se arrodilló a los pies de Teresa y escondió la cabeza en su regazo.

Alumnas, alumnas... No una alumna, no un enamoramiento pasajero, no un espejismo romántico. ¿Machado en el recuerdo? ¿El siglo XIX? ¿Lolita? No. Una manera absolutamente inmadura de resolver las carencias en su matrimonio, su vida grisácea, mediocre, un planteamiento de vida impropia del Daniel que ella había creído conocer. ¿O acaso lo magnificaba? ¿Acaso todo partía de un engaño, una alucinación, del puro atractivo sexual que, era cierto, emanaba Daniel? Preguntas sin respuesta, preguntas que se sucedían, se entremezclaban y la mantenían despierta, horas después de despedirle con una muestra de afecto, un abrazo, un beso. No quería que él interpretase su reacción como el final de todo, la decepción total del amor que había surgido entre ellos. Porque en esa decepción había, en todo caso, dos responsables: él y ella. Quizás habían asentado las bases de su amistad primera sobre el desconocimiento del otro o un conocimiento parcial e insuficiente. No obstante, tras la primera reacción, tras el desencanto producido por las confesiones descarnadas e inmisericordes de Daniel, Teresa se había ido serenando. «No es un criminal, no es un canalla, es un ser fracasado en su raíz más profunda.»

Recordaba su renuncia a la poesía. «No puedo», decía cuando hablaban de ello. «No recupero el estado de ánimo, la capacidad para concentrarme, el lujo del ensimismamiento...» La elección de Berta, la inmadurez, la cobardía, la ausencia de rebeldía impresionaban a Teresa. Un hombre con metas nobles, sensibilidad, inteligencia, ¿cómo puede equivocarse en algo tan importante como la persona que va a compartir su vida? ¿Es un gran error o un desdén infinito hacia la mujer en general? Seguramente es el esquema heredado. La madre, las hermanas. Él había dicho: «Berta me pareció una buena chica, como mi madre, como mis hermanas... Era guapa y apetecible... ¿Para qué más?». Sentada en la cama, con la luz encendida, el libro abierto y abandonado, Teresa dialogaba consigo misma. «No te aferres al pasado de Daniel. No te obceques con sus errores. Está a tu lado, está descubriendo un mundo de sentimientos. Espera... Todo está empezando. Mañana decidiré lo que voy a hacer.» Sonrió recordando la frase de Escarlata O'Hara que tanto le había entusiasmado en su adolescencia. ¿Soy yo también una adolescente inmadura?... En los límites del sueño, en la frontera dudosa en la que se confunde la realidad real con la realidad imaginada, Teresa tuvo una intuición de lo que debía hacer. «Nos conocemos poco, tenemos que conocernos mejor. Necesitamos estar solos. Juntos, día y noche, a todas horas...»

El amor con Teresa se convirtió, poco a poco, en una relación intensa. El sexo vivo, adulto, no aburrido, se unía a momentos de sensibilidad estética compartida, de coincidencias intelectuales inesperadas. Escenarios únicos rememoraban momentos únicos. El espacio y el tiempo se conjugaban en perfecta armonía para aumentar la plenitud de esos encuentros.

En el primer fin de semana de octubre volvieron a la casa de la playa solos los dos. Los días eran fríos y claros. A Daniel aquella escapada le llenó de incertidumbre. Por primera vez iban a estar juntos en un lugar solitario, sin testigos cercanos o previsibles, lejos de la Universidad, de los amigos, del ambiente confortable y seguro de la vida organizada desde fuera, por los trabajos de cada uno. Por primera vez se encontraban uno frente a otro en un espacio deshabitado.

La playa, las dunas. Y lejos, oculta por un breve bosque, la casa más próxima. Un lugar recién estrenado por ellos, preparado para recibirles. La calefacción que conectaron al entrar. Los troncos preparados en la chimenea. El camino asfaltado que les había conducido hasta la puerta del garaje, detrás de la casa.

Llegaron el viernes por la noche y ante ellos se extendía por vez primera un tiempo de absoluta intimidad, cuarenta y ocho horas de convivencia inédita. Pero Daniel no podía olvidar la sorpresa que le había causado la extraña reacción de Teresa ante sus confesiones acerca de la boda con Berta. ¿Aprovecharía ella esta estancia para martirizarle, hacerle reconocer en un juicio privado sus errores, sus defectos, y las decepciones consiguientes que ella había sufrido? Una sensación de angustia y humillación perturbaban su ánimo.

Cuando el mínimo equipaje fue deshecho y los alimentos distribuidos entre el frigorífico y la despensa, Teresa encendió la luz del porche. Ante ellos el mar, el rumor rítmico de las olas, la oscuridad total de un cielo sin estrellas.

—Mañana tendremos sol hasta el mediodía,

según los informes meteorológicos para esta parte de la costa —dijo Teresa—. Podremos pasear a la orilla del mar...

Le miró con una sonrisa desdibujada, como si ella también encontrara un poco extraña su estancia allí, con él, con la incógnita de cómo se iba a desarrollar el tiempo que tenían por delante. Fue un instante porque en seguida recuperó la energía que le era habitual y continuó hablando.

—Aquí estamos los dos, en nuestra isla desierta, como dos náufragos...

Daniel no supo qué decir. Siguió los pasos de Teresa a la cocina y preguntó: «¿Puedo ayudarte en algo?», mientras ella buscaba unas copas y sacaba del frigorífico el hielo que ya estaba empezando a cristalizar.

Con las copas llenas brindaron sin palabras y el primer trago de Jack Daniel's, con su sabor a malta, a sur, a calor, estimuló en Daniel la sensación de bienestar.

«Es diferente a los encuentros limitados del campus o de la casa de Teresa. Siempre con una sensación de provisionalidad, de momento robado a la vida cotidiana...» En este refugio de la costa, sugerente de distancias y despedidas, estaban los dos solos, alejados de todo. «Aquí quedará claro si esto es un capricho fugaz o en el fondo hay algo más que el deseo y la curiosidad que nos han acercado desde el primer momento.»

Relajados, la cabeza reclinada en el respaldo de sus butacas, reposaban en silencio. Ordenaban sus ideas, preparaban sus actuaciones, analizaban su conducta inmediata.

Teresa se dirigió a la barra que separaba la cocina del salón y depositó en ella su copa. «Preparé la cena —se dijo— y veremos si hay algo que nos permita salir de la reserva que se ha apoderado de nosotros.»

Ordenadamente colocó platos y vasos y cubiertos sobre la mesa de la cocina. De espaldas a la barra, no sintió la presencia silenciosa de Daniel hasta que él la cogió por los hombros con suavidad. Sin palabras, la abrazó con fuerza y la besó en los labios desesperadamente.

Por la mañana Daniel salió a la playa y paseó hacia el extenso claro que ocupaban las dunas. La arena y de vez en cuando matojos de plantas semidesérticas salpicaban de verde pálido el paisaje. Subió hacia el bosquecillo que se destacaba al fondo, una masa de árboles cuyas copas verdes y redondeadas formaban una unidad compacta. Hacia la derecha descubrió un camino que conducía otra vez al mar por una senda amplia, bordeada de piedras.

Teresa... Una congoja inexplicable le atenazaba al recordar la noche. La perfecta identificación física, el reconocimiento de cada centímetro de su cuerpo. Huesos y músculos ocultos bajo la piel, curvas armoniosas, ángulos delicados que forman cálidos huecos. Una espléndida arquitectura explorada con la minuciosidad de un investigador obsesionado. Y todo ello absorbido, concentrado en una sensación única por la gozosa y arrolladora culminación del amor. ¿Era amor? O mejor, ¿era posible que no fuera, además de deseo, amor? Daniel se analizaba. En las aproximaciones amorosas del principio, recordaba un septiembre lleno de obstáculos, reuniones, invitaciones, separaciones inoportunas impuestas por los otros —«Yo te llevo si quieres, yo te acerco»— sin sospechar que esos amables ofrecimientos le separaban de Teresa. Todavía no estaban seguros, todavía sus encuentros se inscribían en el marco de los episodios casuales. Los abrazos, las caricias, los besos furtivos de los regresos de las fiestas, la excitación pasajera de una noche alegre o de una cena semiclandestina en un restaurante de los alrededores de la pequeña ciudad. Todavía los otros, los compañeros y amigos, no eran conscientes de la atracción que se había despertado entre ellos.

Mientras paseaba absorto en sus pensamientos por uno de los caminos marcados por el viento en la arena, Daniel se detuvo y miró al mar. Las olas espumosas se acercaban y se retiraban en un vaivén previsto y ciego. La desazón inicial no era fortuita. La confirmación de que Teresa y él se habían convertido en una noche en amantes perfectos le había deslumbrado y a la vez le trastornaba. No era sólo la compenetración instintiva de los gestos y los actos. No era únicamente el placer derivado de su acuerdo amoroso. Era la facilidad con que se había desarrollado todo a partir del primer abrazo, el aviso primero de que estaban allí para estar juntos, unidos el uno en el otro. Libres. La certeza de que ese viaje hasta la playa había sido una aceptación tácita entre los dos para afianzar o destruir el vínculo iniciado parcialmente. La congoja era la consecuencia del éxito en la experiencia amorosa. Era el temor, el miedo al compromiso, a no saber el coste personal que esa historia de amor iba a tener. La sombra de Berta y sus hijos le había atenazado nada más despertar. «Esto —pensó— no tiene nada que ver con mi vida anterior, con los despreocupados encuentros de un día en viajes fugaces o las frívolas aventuras con las alumnas. Esto es diferente. Es la primera vez que tengo consciencia del amor que yo soñaba en la adolescencia, que alimentaba en mi juventud. El que desapareció de mi imaginación al casarme con Berta y convertir en rutina la obligación de hacer el amor». Un horizonte de problemas, conflictos, luchas le perturbó. Y luego estaba Teresa. ¿Qué suponía Daniel para ella? ¿Una pareja condenada al fracaso, pero utilizada para llenar un tiempo breve de su vida, lo que durara la estancia de él en la Universidad?...

Teresa se acercaba por la playa. Venía a su encuentro, un chal blanco alrededor del cuerpo grácil, una falda larga. Unas botas que no dejaban entrar la arena. Le saludó con la mano y corrió hacia él. Le acarició la cara y el pelo con ternura. Luego le cogió de la mano y le dijo: «Vamos a casa. Hay que almorzar...».

Por la tarde una lluvia fina caía sobre el mar. Grandes nubarrones oscurecían el horizonte. Las tazas de café descansaban vacías sobre la mesa. Teresa dijo:

—Esto es una auténtica luna de miel. Los dos solos, entre el cielo y el mar...

Sonreía. Daniel la miraba serio y silencioso.

—¿Qué pasa? —dijo ella. Fue a sentarse a su lado en el sofá y apoyó la cabeza en su pecho—. Puedo oír tu corazón. Va muy de prisa...

—Tengo miedo —dijo Daniel, acariciando su pelo.

—¿De qué? —preguntó ella.

—No sé. De ti, de mí, de los dos.

—¿De que esto dure o de que no dure? —preguntó Teresa.

Y él se dio cuenta de que expresaba lo que él sentía. No obstante aseguró:

—No lo sé. «Es tan corto el amor y tan largo el olvido»...

—Quiero un poema tuyo para expresar lo que sientes. Tienes que rescatar tu poesía para no necesitar lo que han dicho otros poetas... —dijo Teresa risueña y desenfadada.

—Tienes razón —dijo Daniel— pero mientras tanto, habla tú. Háblame del amor...

—El amor, el amor... Para mí el amor es la necesidad de estar con una persona, contigo por ejemplo. No separarme nunca de ti. La presencia del ser amado creo que es la principal señal de identidad del amor... ¿Y para ti? —preguntó.

Daniel dudó un momento, luego dijo:

—Es la atracción intensa que ejerce sobre mí una personalidad, la tuya por ejemplo. Para mí es sentirme dentro de un torbellino que me lleva y me trae... y no quiero salir de él. Es necesidad de tenerte cerca, sí. Pero también es miedo a perderte. Miedo a las circunstancias que pueden separarnos...

Teresa no replicó. Se levantó y se inclinó hacia Daniel y le besó en los labios. Luego se separó de él y dijo:

—Voy a poner música, un rato de buena música...

Al atardecer la lluvia había cesado aunque el cielo todavía estaba oscuro y un viento racheado barría la playa. Salieron al porche.

—Este mar —dijo Daniel— me produce una nostalgia especial. Una añoranza de algo desconocido y sin embargo perdido. Tiene que ver con la casa de Asturias. En esa casa empecé a escribir los primeros versos. Miraba al mar y el mar me hacía pensar en viajes, más aún en huidas.

—¿De qué? —preguntó Teresa.

—De todo. De la pequeña ciudad en que vivíamos, de mi familia...

—¿Lo conseguiste?

—No. Me fui a Madrid a estudiar, pero no fue una escapada. Fue una decisión de mi padre.

—Yo una vez también quise escapar. Y lo conseguí... Cuando murió mi madre y mi padre se volvió a casar...

Había huido a California un año para luego regresar curada. Curada y absolutamente fascinada con un hombre, Robert, que tenía diez años más que ella y enseñaba sociología en Berkeley. Lo había conocido a través de la mujer de su padre. Beatrice le había dicho: «No dejes de ver a Robert. Es muy amigo mío. Ha colaborado mucho en mi revista, cuando era joven y empezaba...». Robert se acababa de divorciar. Desde el primer momento había sido su guía, su amigo, su interlocutor. Hablaban y hablaban. Se psicoanalizaban llevados de un interés excepcional en sus respectivas experiencias. Intercambiaban soluciones, se las brindaban el uno al otro, a veces comprendían que era un juego basado más en argumentos culturales que en situaciones reales. Con Robert recorrió la costa y él le fue mostrando lugares sorprendentes que Teresa no conocía, y viejos lugares míticos con los que siempre había soñado. Cuando el amor, inevitable, hizo su aparición, cada uno trataba de convencer al otro de que debía cambiar de ciudad. «Ven a Nueva York», proponía Teresa. «Quédate en San Francisco», suplicaba Robert. Al fin ella había ganado la batalla...

—¿Nunca has vuelto a tu casa de Asturias? —preguntó Teresa.

—Pocas veces. Cuando murieron mis padres con muy poco tiempo de diferencia, la heredé yo, porque ése había sido el deseo de mis abuelos. Y porque a mis hermanas no les interesaba. Les horrorizaba el cielo gris, la montaña, los prados. Ellas veranean en el sur...

El recuerdo de sus hermanas distrajo a Daniel. Una vivía en Guipúzcoa, la otra en Granada. Donde las habían conducido sus matrimonios con hombres de profesiones relativamente itinerantes. Ingeniero industrial uno y químico el otro. Nunca pensaba en ellas y sin embargo sus hermanas fueron las primeras que le proporcionaron la percepción de lo femenino como algo diametralmente opuesto a su condición masculina. Las hermanas estaban siempre rodeadas de amigas. Invadían la casa, reían, gritaban, charlaban. Sobre todo, reían. De entonces, de la infancia, había conservado Daniel la impresión de lo femenino como ruidoso y alegre. Las chicas charlaban, se contaban cosas, salían de sí mismas con gran facilidad. Y además convertían en risa todo lo que decían. Daniel sentía que también se reían de él y de los chicos en general. Las anécdotas que adivinaba a medias desde el encierro de su cuarto discurrían entre carcajadas. Eso ocurría con las niñas, las adolescentes, las jóvenes. Porque luego, las mujeres mayores reían menos. Daniel observaba a su madre y creía ver en ella sombras constantes. Y lo mismo le ocurría con otras mujeres cercanas a su familia o a las familias de sus amigos. Mujer mayor igual a tristeza o malhumor o sufrimiento.

Esa transición inexplicable no perturbaba a Daniel. Al contrario, creía entonces, cuando era niño, que las amigas de sus hermanas y ellas mismas estaban un poco locas y que también era mejor mantenerse al margen de sus risas, mejor huir de la ocasión de convertirse en blanco de sus burlas. Una incipiente misoginia iba anidando sin saberlo en las primeras reflexiones del adolescente Daniel.

En los veranos del norte, durante los largos meses en casa de los abuelos, las cosas cambiaban. Estaba la playa solitaria, a la que había que bajar por un camino difícil. Allí corrían y jugaban a la pelota con las palas de madera. Tenían amigos cerca que venían a pasar el día con ellos. Y las niñas se incorporaban a los juegos con facilidad. No tenían miedo. Seguían las iniciativas de los chicos con una mezcla de complacencia y curiosidad. Daniel se daba cuenta de que quizá no eran sus juegos preferidos pero los aceptaban y, cosa rara, muchas veces les vencían. Cuando se cansaban se retiraban aburridas a pasear o se tumbaban a tomar el sol y hablar. Los muchachos buscaban una nueva actividad que sustituyera a la anterior, porque ellos, Daniel lo había observado desde muy pronto, se juntaban para hacer algo, no para hablar como las chicas. Esa percepción de la facilidad para comunicarse entre sí, propia de las mujeres, intimidaba a Daniel. Sucedía que, al acercarse al grupo que charlaba y reía, se producía un silencio sospechoso que le hacía pensar que podía ser él de quien hablaban, a quien analizaban o ridiculizaban. Porque a veces reían, tapándose la boca con la mano o mirando hacia otro sitio. Y sólo cuando él o ellos se alejaban, volvían los susurros que se elevaban en seguida para convertirse en ruidosa charla o carcajada. Daniel percibía claramente la diferencia de comportamiento entre las chicas y ellos, los activos muchachos que subían y bajaban, trepaban hasta un árbol, jugaban al fútbol, corrían hacia una meta, nadaban con furor o subían al barco de los pescadores y ayudaban a descargar el pescado en el puerto del pueblo. De ese conocimiento apenas expresado, arrancaba una cierta desconfianza hacia las chicas que iba a prolongarse hasta la entrada en la universidad y la forzosa convivencia de los sexos tan temida en las etapas anteriores por parte de las familias, los colegios y ellos mismos.

Hacía un rato que no hablaban. Daniel contemplaba hipnotizado el fuego de la chimenea.

—¿En qué piensas? —preguntó Teresa.

—En mis hermanas... Es curioso, porque no pienso casi nunca en ellas. Pensaba en lo lejanas que están de mí. Y sin embargo en mi infancia y mi adolescencia, sufría con su presencia constante y la de sus amigas que estaban en todas partes, en la casa, en la calle, siempre molestando...

Teresa se echó a reír.

—No he tenido hermanos, pero das una visión terrorífica de los lazos familiares...

—Bueno, yo te hablo de las chicas. Quizá si hubiera tenido un hermano habría sido distinto...

—De todos modos, tus hermanas te darían algo, aunque sólo fuera un conocimiento de la mujer, de su psicología, sus reacciones. ¿No?

—No —replicó tajante Daniel—. No. Al contrario, yo creo que ellas consiguieron que yo mirara a las chicas en general como unas auténticas desconocidas...

Lejanas y desconocidas a pesar de los primeros encuentros deseados, necesarios, perturbadores y definitivamente inexplicables, las mujeres fueron para Daniel el lado inseguro de la vida, lo «diferente» que le acompañaría siempre desde una lejanía y un desconocimiento inquietantes.

—Yo no sé si a ellas les sucedía lo mismo con los chicos. Aunque yo creo que no y sospecho que ellas, las mujeres que fui encontrando después, miraban a los hombres con cierta conmiseración. Yo estoy seguro de que nos consideraban infantiles, inútiles... Bueno, esto lo supongo yo porque nunca he abordado este asunto con otros hombres...

Teresa no daba muestras de estar muy interesada en sus observaciones sobre un tema que parecía no preocuparle.

—Creo, Daniel, que tú has tenido una educación muy propia de aquella España de la posguerra, cuando la coeducación no existía y la convivencia precoz entre los sexos no estaba bien vista. Mira alrededor, ¿no ves cómo los chicos y las chicas tienen una relación fluida y fácil?

Él no estaba seguro.

—Es cierto que todo ha cambiado. En España también. Las chicas y los chicos comparten salidas, deportes, horarios. Son libres. Y eso tiene que acercarles. Pero las diferencias esenciales continúan. Ellas siguen comunicándose durante horas con otras chicas. Ahora es el teléfono el intermediario. ¿De qué hablan? ¿Qué se cuentan? Mi hija de quince años habla sin cesar con sus amigas. Si yo entro, se interrumpe y me pregunta agresiva: «¿Qué quieres?». Para esperar a que desaparezca y continuar hablando. Mi hijo de diecisiete habla de cosas muy concretas, me parece, con sus amigos. Y no tan largas...

Había algo más pero no quería contárselo a Teresa. Su mujer, Berta, le preguntaba constantemente sobre los problemas de los matrimonios amigos: «¿Él no te ha dicho nada?», se extrañaba. «Pues dice Rosa, María o Lola, que llevan meses sin hablarse, que ella no aguanta más. ¿Y tú dices que no sabes nada?» Sin embargo era verdad. Él no hablaba con sus amigos de problemas conyugales, de los desacuerdos y las decepciones y de los largos silencios.

La tarde ya era noche. El viento, fuera, recrudecía su furor.

—Hoy no hemos visto el pronóstico del tiempo —dijo Teresa. Y añadió—: ¿Y qué más da, después de todo? Ya es de noche y no vamos a salir de aquí. Aislados en la costa. Aislados y felices...

Todavía quedaba una noche entera para los dos. Una noche para olvidar lo que sucedía fuera y lejos, en el mundo habitado por los demás. Una noche para no recordar a sus hermanas, ni a Berta, ni a los hijos, una noche suya y de Teresa. Solos y juntos, navegando en esa casa de madera anclada en la arena, hacia un horizonte impreciso, que duraría al menos hasta el día siguiente por la tarde, domingo, regreso, realidad, futuro incierto.

Teresa quería dar una fiesta en su casa. Estaba de un humor espléndido después del fin de semana en la playa. Al fin las cosas estaban claras. No para ellos sino para los demás. La pareja Teresa-Daniel ya era aceptada en el Departamento. Los profesores no hablaban del asunto abiertamente pero se notaba, se advertía en la manera de dirigirse a ellos, de hablarles en plural. «Si queréis venir mañana.» «Si os interesan entradas para el ballet.» «Si no tenéis qué hacer este sábado...»

Teresa quería dar una fiesta no para celebrar nada. Simplemente para reunir a los amigos. Estaba mejor que hace unas semanas, era evidente. Daniel observaba cómo se movía aquella mañana, cómo organizaba los espacios para la fiesta. El servicio de *catering* funcionaba con precisión. Por la tarde todo estaba en su sitio cuando llegaron los primeros invitados. El bufet impecable, los cubos de hielo repletos. La mesa de las bebidas, deslumbrante.

El día anterior habían ido los dos a reponer las habituales y a reforzar con otras nuevas el stock de alcohol de la casa. En el Liquor's, las botellas en sus anaqueles tenían brillos maléficos. Al mismo tiempo las etiquetas multicolores, los espejos con sus marcos dorados, los mensajes publicitarios destacando sobre fondos plateados atraían con una fascinación irremediable. Nombres evocadores de whiskies añejos. Viejas fotografías de destilerías antiguas sobre maderas nobles. Al entrar las advertencias se repetían en gruesos trazos rojos: MINORS PROSECUTED, CHILDREN PROHIBITED. El lugar estaba silencioso a esa hora, las tres de la tarde.

—El templo del pecado —dijo Teresa—. Los menores no pueden beber ni siquiera comprar alcohol, pero sí casarse como Bobby y Laura, diecinueve y diecisiete años respectivamente... y ya tienen una hija.

Ahora, los licores transportados refulgen en la mesa del salón, junto a las copas y los vasos. Aunque Daniel no vive allí, aunque su acuerdo de independencia y discreción sigue en pie, todos se dirigen indistintamente a uno u otro, como los anfitriones oficiales. Además de los que Daniel conoce hay otros nuevos como los Giorgi, él, italiano, trabaja en una tesis sobre Norman Mailer, y ella, Brenda, india, viste un shari azul y plata, y vienen de España. Han recorrido el camino de Santiago. Él conoce a san Juan de la Cruz. Ella trabaja en el Arcipreste de Hita y se adueña un rato de Daniel. Le hace preguntas de literatura y de la universidad española. «¿Usted cree que sería conveniente que yo pasara un curso allí...?» Entran Bob y Joyce. Las niñas, bien. Las niñas en casa de unas amigas. Luego las recogerán. El escultor James Durham no sabe español pero toca al piano canciones de la guerra civil. Su mujer, alta, pelo castaño, voz gratamente modulada, sí habla español. Le lleva a un grupo que discute sobre los sindicatos, los *hard hats*, los obreros especializados y corrompidos por el gran nivel económico que han alcanzado... En el ir y venir de un grupo a otro, se encuentra con Teresa, se cruzan, se sonríen. El alcohol caldea el ambiente, aumenta los registros sonoros de las conversaciones. Bernard, el *chairman*, se ha acercado a Daniel y le habla de una invitación que ha recibido para él, un poco lejos, Flagstaff, una universidad muy interesante... Los indios... Cercano al Gran Cañón... Todas las fiestas nadan en alcohol. «Es necesario —dice Teresa— beber pronto para alcanzar un buen tono. Luego que cada uno haga lo que quiera...». Ella también bebe y está alegre. Se ve. Se nota. Daniel apenas puede detenerse a pensar. Es llevado y traído. Le sonríen todos. Es su forma de reconocerle y aceptarle. Algunos le piden, en inglés o en español, alguna opinión, alguna noticia de España y su nueva democracia. Pero no es allí, en una fiesta, el lugar para hablar de cosas serias. La fiesta es para divertirse un poco aceleradamente, un poco exaltadamente. Daniel apenas puede dedicar unos momentos a los Gilabert pero ellos aprovechan para invitarle a almorzar con Teresa, el día que ellos quieran. «Nosotros —dice ella— estamos jubilados... Todos los días son buenos para un jubilado.» De pronto, suena una música que oscurece el rumor de las conversaciones.

A su alrededor algunos comen, las mujeres beben. «Una fiesta es para salir de sí mismo, para olvidarse por unas horas de la realidad», dice Teresa y acerca su vaso a la copa de Daniel. Sólo un instante porque es reclamada por alguien y ella acude en seguida. Daniel la ve de lejos e imagina de qué puede hablar, trata de interpretar los gestos, el movimiento de las manos que señalan arriba y abajo, como explicando ¿una lección de geografía, de arquitectura? Arriba y abajo ¿de qué? Está cansado y un poco mareado. La presencia de Teresa rodeada de tanta gente le perturba. Se siente ajeno a todo. Un extraño que ha sido depositado en este salón por una nave espacial. Sin embargo, conoce a muchos de los invitados. Ha asistido a otras fiestas, en otras casas. Pero la sensación de soledad, de aislamiento no se disuelve. Es la casa de Teresa. Una extraña melancolía le invade. ¿Sería capaz él de vivir para siempre allí, asistiendo a fiestas de profesores universitarios en las horas libres de trabajo? Seguramente, no. Pero es absurdo. Nadie habla de quedarse aquí. La propia Teresa, ¿hasta cuándo resistirá? Su regreso a este lugar es un regreso al pasado. Ha sido una huida. La búsqueda de la paz después de una crisis personal. ¿Y él? También, en cierto modo, buscaba la paz en este curso de cuatro meses. La mitad del plazo se estaba consumiendo. ¿Y después? Teresa despedía a los primeros desertores de la fiesta. Él también si pudiera... Un repentino cansancio, aburrimiento, hastío le inquietó. Un estúpido presentimiento. Tenía que hablar con Berta, preguntar por los niños. Las llamadas entre ellos se habían reducido, de común acuerdo, a una por semana. Siguió a Teresa con la mirada y, cuando la vio sola por un momento, se acercó a ella y le preguntó en un susurro: «¿Crees que todavía falta mucho?». «¿Para qué?», dijo ella con un gesto de extrañeza. «Para que yo pueda, discretamente, retirarme...» Ella le miró un instante y giró bruscamente hacia el extremo opuesto del salón donde alguien la reclamaba. Entonces, fue Dora, la pelirroja que le había asaltado el lejano día de su presentación social en la casa del *chairman*, quien le asaltó y le dijo abruptamente: «Todas las mujeres se parecen a sus madres en algún momento de su vida. Yo conocí a la madre de Teresa... Pero Teresa todavía no ha llegado a parecerse a ella, ¿sabes? No es tan hermosa, ni tan dulce como ella...». Se rió y se tapó la boca con la mano en un gesto de falso susto por las palabras pronunciadas. Daniel no contestó y ella se dio la

vuelta en busca de una nueva copa, de otro interlocutor, de otra absurda declaración extemporánea.

Un gran ventanal dejaba ver las luces de la calle tranquila. Sobre él se destacaban las figuras de
algunos invitados. Una ventana más pequeña daba
al jardín interior. La lámpara encendida y pegada
al cristal del estudio de Teresa iluminaba los macizos de arbustos, el césped, las flores resistentes del
otoño. A la izquierda, por un pasillo acristalado se
llegaba al recinto privado, al lugar de trabajo y aislamiento de Teresa. Daniel deseó intensamente
deslizarse hasta allí como un oscuro intruso y sentarse en el sofá del fondo, en la sombra donde nadie pudiera adivinarle, para ver sin ser visto y observar y quizá levantar el teléfono para llamar a
Berta, hoy era el día, viernes por la noche y le tocaba a él cumplir con el pacto acordado: «Tú no
escribas —decía Berta— pero llama por lo menos
de vez en cuando...» Parecía resignada. Seguramente estaba contando el tiempo que faltaba para
el regreso de Daniel. No porque le añorara, sino
porque era necesaria su presencia para bombar-
dearle con quejas y problemas y asuntos sin resolver, triviales unos y relativamente serios otros,
incapaz como era de tomar decisiones prácticas en
ninguno de los dos casos. Su soledad ante la ventana había durado sólo unos minutos. En seguida se
acercó a él el joven y dinámico John McCormick
—«¿Del *Chicago Tribune*?», preguntó alguien y él
contestó: «De Chicago sólo». Y se dirigió a Daniel, cogiéndole amistosamente por el brazo y ro-

gándole en un inglés deteriorado por las copas:
«Acompáñeme usted, por favor, hay alguien que
reclama, que pide, que suplica que nos recite usted a García Lorca. Por favor...».

Las dos de la mañana. Un Alka-Seltzer, una
ducha, las noticias de la televisión. Y la llamada a
España. Berta invadiendo su silencio, martillean-
do su cabeza dolorida y repleta de frases, rostros,
manos apretadas, despedidas. Su cabeza ocupada
por el gesto entre triste y enfadado de Teresa
cuando él dijo que no podía quedarse ni un minuto más, que ya mañana por la mañana se verían y...

—*No te entiendo, Daniel, de verdad que no te en-*
tiendo. Te has pasado la vida diciendo que querías un
gran estudio para tus libros, para trabajar y ahora me
sales con que el apartamento es fundamental para ti.
¿No te parece que en un chalet grande puedes tener es-
pacio para vivienda y estudio, todo en una pieza?... Te
he repetido miles de veces que Esther me ha asegurado
que es una ocasión única, ahora que está empezando la
promoción del nuevo grupo de adosados...
Berta, a quien nunca entendería aunque ella se
quejaba de no entenderle a él. Berta, que apenas le

hablaba de los hijos. Sólo de ella y sus deseos incontenibles, su avidez por un nuevo signo externo de progreso, de estatus, de éxito. Berta, que le decía: «Lo que tú quieras, muchos libros, mucha colaboración, muchos cursos pero yo te digo que el cuñado de Rosa, Luisa, Julia, no importaba de quién, hace negocios fabulosos con un primo que es director de banco... Y no tiene cultura ni educación ni nada...».

La frustración permanente de Berta se filtraba a miles de kilómetros por el auricular del teléfono. Cuando ella hubo terminado con sus variados argumentos a favor de una casa en las afueras, Daniel pudo hablar y cortar la conversación con un tajante: *«Ya falta poco tiempo para que vuelva. Entonces hablaremos de todo...».*

No quería pensar en Berta. Tampoco en Teresa. Quería dormir sin soñar a ser posible. Y despertar mañana más lúcido, más tranquilo. Olvidado de la fiesta de Teresa y de la llamada a Berta. «Afortunadamente, mañana es sábado», se dijo. «Y hasta el próximo viernes, no habrá llamadas. Ni tampoco fiestas.»

Cuando se conocieron, al poco tiempo de llegar Daniel, hablaban de sí mismos. Aquélla fue una etapa de amistad superficial en la que Daniel solía acompañarla a casa, al final de una fiesta o un espectáculo en el que habían coincidido. La charla no pasaba de un intercambio de informaciones, inevitables para poner las bases de una amistad cordial. De un modo directo, con pocas explicaciones añadidas, cada uno había mostrado al otro el esquema de su situación familiar y social.

Un día, Teresa lo recordaba, venían del teatro de la Universidad donde habían asistido a la representación de una obra de Miller.

Daniel había preguntado al grupo de amigos que rodeaba a Teresa: «¿Qué vais a hacer? ¿Habéis cenado ya?». Y resulta que sí, todos habían cenado antes de la función y se dispersaban hacia sus casas, porque el día siguiente era laborable y no querían trasnochar. Sólo Teresa decidió acompañarle sin gran esfuerzo.

—Yo no tengo horarios fijos. Y de todos modos los restaurantes cierran temprano...

De modo que se dirigieron paseando hacia un pequeño restaurante francés. Había poca gente y les atendieron en seguida. Intercambiaron comentarios intrascendentes acerca de la obra y los intérpretes y la gente que habían encontrado.

—Los irás conociendo a todos —dijo Teresa. Y Daniel reflexionó sobre el transcurso del tiempo.

—Hace dos semanas que estoy aquí y todavía me parece increíble. El tiempo ha pasado rápido pero a la vez tengo la impresión de que llevo meses en el Departamento, en el campus.

Fue la primera vez que tuvieron ocasión de estar solos y de entablar una conversación que rozaba lo personal. «Fue —reflexionaba Teresa al recordarlo— como si hubiésemos tenido necesidad los dos de dejar claro, desde el principio y seguramente de un modo inconsciente, cuál era la verdadera situación de nuestras vidas en el inmediato presente. Porque era un poco raro que yo hablara de mi divorcio y él de su mala racha matrimonial.»

Ahora, el tiempo había pasado sobre ellos y les había arrastrado uno hacia el otro, sacudidos por un vendaval de amor violento y de consecuencias imprevisibles. «En medio del camino de nuestra vida...», se recitó. Al menos en el tramo más importante. Jóvenes pero maduros. A medias conseguidas las metas juveniles y a medias derrotados. Daniel tenía cuarenta y ocho años. Ella cuarenta y dos. ¿Qué nuevo camino les esperaba en este punto de no retorno de sus vidas? Después de la fiesta de Teresa, ella volvió a la carga.

—Quiero que me hables de Berta. Quiero hacerme una idea lo más objetiva posible de cómo es ella y cómo es vuestra relación...

Daniel se resistía a hablar de Berta. Desde el principio, desde el inicio de su amistad, había rehuido el nombre de Berta. Una llamada, una carta, una noticia que a veces transmitía a Teresa. Le parecía de mal gusto ponerse a verter descalificaciones y reproches sobre alguien que no podía defenderse. Teresa insistía.

—¿De qué hablas con tu mujer? ¿De qué habéis hablado siempre? Si tenéis problemas desde el principio, ¿por qué no los habéis analizado y os habéis escuchado los dos?

—Con Berta es muy difícil hablar.

—¿Y no eres capaz de discutir con ella algo tan importante como tu descontento?

—Pues ya ves. No.

El silencio de Daniel lo llenaba Teresa.

—A mí me ocurría todo lo contrario. Hablábamos demasiado de nuestros estados psíquicos. Buscábamos culpables. ¿Tú o yo o los dos? Es inútil hablar de lo que no tiene arreglo. Investigábamos qué podía haber cambiado... De modo amistoso pero destructivo...

Los días transcurrían en una deliciosa beatitud. Las clases, las lecturas, las colaboraciones en algunas revistas profesionales. Daniel, a veces, iniciaba un poema. Durante horas le daba vueltas, lo trabajaba en la soledad de su apartamento. Se olvidaba de todo y en aquella especie de embriaguez surgida de la concentración, alcanzaba el más glorioso de los triunfos, el hallazgo definitivo de la palabra perseguida a ciegas. Era el final de una cacería cuya presa se escapaba una y otra vez y que brillaba de pronto entre la hojarasca de otras palabras inútiles y opacas.

Era consciente de que su clarividencia creativa tenía que ver con el clima que le rodeaba. La constante inmersión en el mundo de las sensaciones, los sentimientos, las ideas, se había despojado de la carga de vulgaridad infranqueable que le cercaba, asfixiante, en su casa y su trabajo de Madrid. En el ambiente que se había construido, al cabo de los años, sin la menor rebeldía ni autocrítica. La trampa perfecta para caer en un vacío sin fondo.

Un día, a mediados de noviembre, un silencio especial envolvía el mundo desde las primeras horas de la mañana. Los árboles del campus, las nubes de un gris blanquecino, las fachadas de las casas, todo parecía suspendido en una atmósfera que anunciaba la llegada de algo inesperado. De pronto, empezó a nevar. Suave, sosegadamente los copos descendían de un cielo inmóvil, convertido en una gran plancha gris pizarra. Caían serenos, movidos sólo por su delicado peso. En pocos momentos la calle, el jardín que se extendía delante de las casas, los castaños de la avenida se fueron cubriendo de blanco. Daniel había pasado a recoger a Teresa para almorzar juntos y luego, a la tarde, dar un paseo hasta la casa de los Stone en el bosque. Los dos se acercaron a la ventana cerrada del salón y contemplaron el cambio del paisaje. La cobertura blanca suavizaba las aristas, convertía en curvas las rectas más rotundas. La nieve crecía sobre los escalones, se detenía atrapada en las ramas de los árboles, modelaba suavemente los macizos del jardín. De común acuerdo, casi sin palabras, decidieron quedarse. Teresa fue al teléfono y habló con los Stone que, decían, iban a lanzarse al bosque con las niñas, en plena exaltación lúdica.

—Prepararemos nuestro almuerzo —dijo Teresa. Y entre los dos investigaron las provisiones del frigorífico, las reservas de los armarios de la cocina. Una alegre sensación de fiesta volvía ligeros sus movimientos. Reían, presa de una excitación infantil. «Estamos solos, encerrados en nuestra cabaña y tenemos que sobrevivir...», era el mensaje subyacente que ordenaba su actividad en torno a las cazuelas, la vajilla, el fuego recién encendido de la chimenea.

A media tarde la nieve cubría la puerta de la casa.

—No podemos salir de aquí —advirtió Teresa.

—Pero tenemos provisiones para un largo fin de semana —observó Daniel.

Prisioneros gozosos de los elementos, buscaban los rincones más confortables del salón, las butacas, la alfombra sembrada de cojines. Con la copa en la mano y la música en el aire, Teresa afirmó:

—No nos moveremos hasta el lunes.

Y un Daniel dichoso asintió en silencio.

Robinsones forzosos en aquel viejo granero convertido en confortable vivienda, rieron y charlaron, bebieron y se amaron y la música que iban eligiendo por riguroso turno les trasladaba a paraísos imaginarios en los que todo era posible y fácil y lleno de belleza. Nunca, como en aquel encierro forzoso, tuvo Daniel una impresión tan clara de libertad. Por una vez no tenía que decidir él. Era una situación excepcional y por tanto despojada de dudas, remordimiento o prevenciones.

Una tregua luminosa durante la cual Daniel fue el ser más adorable, tierno e inteligente. Una tregua de la que salieron ambos con el corazón encogido y una angustiosa certeza de lo imposible que sería repetir aquella experiencia mágica.

El lunes por la mañana hacía frío. Las calles aparecían limpias y la pequeña ciudad recuperaba su ritmo. La nieve se había solidificado en el césped de los jardines, en los árboles y los tejados. Cuando Daniel salió de la casa y se despidió desde el final del sendero, Teresa inició lentamente su actividad habitual en las primeras horas de la mañana. Ordenar el salón, el dormitorio, el baño, todo con rapidez, a un ritmo marcado por la eficacia y la costumbre. Luego se refugió en su estudio y trató de sumergirse en el plan de trabajo que presidía su vida actual. Un plan riguroso, programado para aprovechar al máximo su tiempo. Pero la arrolladora presencia de Daniel durante todo el fin de semana interfería una y otra vez en sus intentos de concentración. Daniel radiante, alegre, divertido. Daniel por vez primera espontáneo, natural, liberado de ¿temores, suspicacia, mala conciencia? En los momentos más apasionantes, cuando al rapto amoroso seguía una etapa de serena divagación, algo se le escapaba siempre en la actitud de Daniel. Algo que tenía que ver con una última reserva. Teresa se distraía sobre los papeles extendidos en la mesa de trabajo. Para tranquilizarse, buscó entre sus razonamientos aquellos que podían favorecer su seguridad en el amor de Daniel. «Tiene que haber —se dijo— zonas del otro que no se conozcan. La simplicidad es enemiga del amor. Aunque un amor dure muchos años, cuando termina siempre quedan preguntas sin respuesta, misterios no desvelados.

»Esos misterios, esas facetas no descifradas de un carácter, alimentan el amor. ¿Cómo puede durar un amor que parte del conocimiento total del otro? Sólo en el caso de un amor muy primario, poco complicado, aburrido en su sencillez porque el objeto del amor sea también sencillo y simple.

»Secretos que desvelar, reacciones que interpretar: ésa es la esencia del amor duradero, la compleja esencia de la relación amorosa. ¡Ah, si yo pudiera, si yo hubiera podido levantar el velo que oculta la clave de aquel gesto, la causa de aquel rechazo o de aquella apasionada aceptación! La persecución del camino que lleva a la revelación es el alimento del amor. Siempre tiene que haber algo inesperado que descubrir, algo nuevo que interpretar. "Nos conocemos tan bien", dicen algunos.

La esfinge sin secreto no es una buena amante ni un compañero atractivo...»

Distraídamente, volvió al trabajo. Releyó las últimas frases que había escrito el viernes por la mañana, antes de la llegada de Daniel y la nevada que los aislara durante dos días.

«... Una mujer sin complicaciones, previsible en todas sus reacciones puede llegar a ser más cómoda que una mujer inteligente, una mujer crítica que deja al descubierto los puntos débiles, los lugares exactos de la conciencia y va separando con su escalpelo capas de personalidad. Una mujer vulgar es fácil de controlar. Es como apartar un insecto, cerrar una ventana por la que entra demasiado fresco, apagar la luz cuando escuecen los ojos...»

En las crisis de melancolía que con cierta frecuencia le asaltaban, Daniel era muy consciente de que el tiempo pasaba sin remedio y el regreso a España era inevitable. Sentía que su vida habría sido distinta si hubiera vivido siempre cerca de Teresa, si la hubiera encontrado a tiempo, en América o en otro lugar de la Tierra.

Teresa le elevaba hacia un mundo que él siempre había querido alcanzar para quedarse a vivir en él. Un mundo en el que la inteligencia, la sensibilidad eran lo más valioso, lo más buscado en los demás. La encontraba fascinante pero, a veces, le agotaba. Trataba de indagar sobre su vida, su evolución personal y sus sentimientos. Y él se cerraba por completo. Incapaz de ser sincero ejercía una resistencia feroz a hablar de sí mismo. Reflexionaba, se daba cuenta de que nunca había hablado con nadie seriamente de su vida sentimental, ni siquiera en la adolescencia cuando los primeros amores le desconcertaban y le hacían sufrir.

Después del fin de semana de la gran nevada, nubes de tormenta se abatían sobre su cabeza. No podía dormir. Los dos días de encierro con Teresa habían excitado su imaginación. ¿Había llegado con ella demasiado lejos? ¿Estaba dispuesto a renunciar a ella? El dolor de esta posibilidad le torturaba. Pero la confusión, la duda, la cobardía le perturbaban. ¿Podría él quedarse para iniciar una nueva vida profesional en este país? ¿Y sus hijos? Las preguntas bombardeaban su cerebro. Y no había respuestas. Berta, por otra parte, se mostraba cada vez más hiriente y agresiva en sus conversaciones telefónicas.

—*Por primera vez en tu vida te has olvidado de mi cumpleaños. ¿En qué piensas? ¿Se te ha subido América a la cabeza? ¿Te crees algo por estar ahí unos meses?...*

Solía tener conectado el contestador para darse tiempo a ensayar una respuesta a sus agrias preguntas. A veces necesitaba desahogarse y le decía a Teresa: «Hoy he hablado con mi mujer. Está insoportable...».

Un día, ante sus quejas, Teresa le preguntó:

—¿Qué te une a ella?

—No sé. Muchas cosas. La convivencia de veinte años. El conocimiento mutuo de nuestras rutinas y manías. Los mil detalles de la vida cotidiana. Pequeñas cosas; que Berta sepa cómo me gusta el café, cómo coloco la almohada para dormir, cómo dejo sin tapar los frascos de colonia, los tubos de la pasta de dientes... Tonterías. También que me molestan los ruidos, las visitas imprevistas, tantas cosas...

Teresa replicó asombrada.

—Todo eso se aprende en quince días de convivencia. ¿Y lo demás? Yo creía que os unían determinados gustos o aficiones, que juntos habíais descubierto sentimientos o sensaciones nuevas...

Daniel no contestó. Se había quedado pensativo y un poco triste. Era verdad que con Teresa había alcanzado momentos maravillosos. Pero a la larga, esos descubrimientos ¿le defraudarían? ¿Le cansarían? También con Berta, al principio, había vivido experiencias inolvidables. El nacimiento de su primer hijo, la alegría de verlo crecer, jugar, hablar. Las horas que pasaron juntos cuando estallaba, siempre en plena noche, la fiebre; el delirio y el terror que pasaban juntos a la cabecera de la cama. Berta era en todo muy inferior a Teresa, pero no le exigía nada en lo profesional. Nada que no tuviera que ver con el dinero. Podía escribir más o menos, tener más o menos inquietudes intelectuales. No indagaba cada día por qué estaba desanimado, triste, irritable. Simplemente no lo veía o no le interesaba y eso le permitía a él vivir en una cápsula de soledad e indiferencia hacia lo que le rodeaba. Como cuando era niño y su madre le obligaba a hacer cosas muy simples, pequeños encargos o ayudas, «Vete a Correos, acércame esa silla, baja la persiana...». Y cuando él lo hacía se quedaba tranquila y no le pedía nada más.

*

Al fondo, Nueva York. Teresa dijo: «¿Cómo es posible que haya estado dos meses largos sin venir a mi ciudad?». Al fondo, los rascacielos de Nueva York, el cristal, el cemento, el acero, la vertical hecha luz. Las torres finísimas, desafiantes, en un intento de llegar cada vez más alto. Cerca del cielo, arañando el cielo, Nueva York. Daniel permanecía silencioso contemplando el telón de fondo de los rascacielos. Como la primera vez, como en el primer viaje nueve años atrás, un escalofrío le sacudió. Nueva York era un plano largo, espectacular, de una película mil veces repetida. Conmovido, miró a Teresa. Iba a decirle algo, a tratar de explicarle la impresión que le producía la ciudad. Buscaba una palabra, varias, suficientemente expresivas pero vio sorprendido que ella tenía los ojos llenos de lágrimas. En silencio, apretó su mano y ella sonrió. Y se dirigió al taxista para explicarle por dónde quería pasar antes de alcanzar River Side Drive. «Un baño de calles y gentes antes de entrar en casa», dijo. Las lágrimas habían desaparecido y Daniel tuvo la intuición de que aquella ciudad maravillosa encerraba una amenaza. Ella no estaba totalmente curada de los problemas que la habían impulsado a huir y al mismo tiempo, lo temía, allí iba a encontrar él un obstáculo, un escollo, un abismo, algo que le separaría de Teresa.

Cuando días antes había anunciado a Berta su viaje —un ciclo de conferencias, un encuentro de traductores, una reunión de hispanistas—, ella había exclamado: «Si vas a Newark tienes que enterarte de unos almacenes al lado del aeropuerto, donde hay unas rebajas extraordinarias... Me lo ha dicho Luisa...». Pero luego rectificó antes de que Daniel tuviera tiempo de poner inconvenientes: «... Mejor que no me digas nada. Tú no sabrías ni qué comprar...».

Habían organizado el viaje a Nueva York, una semana, pensando en el *Thanksgiving* como pretexto. Teresa había dicho: «Nos iremos al apartamento de mi padre. Él y Beatrice están en Santa Fe desde hace un año. Me parece que se van a quedar allí definitivamente». A las pocas horas de aterrizar en la ciudad, ya estaban instalados. Ya había tenido tiempo Daniel de sumergirse en un repaso largo y apasionado de los libros que llenaban las paredes del salón, los dormitorios, los pasillos. Libros y cuadros, sofás confortables, luz por todas partes. Grandes ventanales que miraban al río, un observatorio para controlar la entrada y salida de los barcos...

«Descansaremos un rato y luego nos vestiremos para un buen restaurante, en el corazón de Manhattan...», dijo Teresa y se arrojó en sus brazos radiante de alegría.

Al día siguiente, el viento, la lluvia y el granizo azotaban la ciudad. Por el río Hudson se deslizaban fantasmales las barcas, los ferries. La bruma envolvía los edificios cercanos que permanecían con las luces encendidas desde la mañana. Las agujas de los rascacielos brillaban entre la niebla. Teresa estaba nerviosa y feliz. Envuelta en una gabardina negra, forrada de piel, con un gorro también de piel encasquetado hasta media frente, preparada con las botas de suela plana de las correrías urbanas, se dirigió a Daniel, que contemplaba la calle con la frente pegada al cristal.

—Vamos, de prisa —dijo—, tenemos muchas cosas que hacer...

Le miraba sonriente y se abrazó a él con fuerza. Daniel acarició su mejilla.

—Nueva York te transforma. Eres otra, pareces otra —exclamó.

—Pero soy la misma. Es un problema de ritmo. Y de estimulación. En el campo, un día como hoy invita a quedarse en casa. Aquí ocurre todo lo contrario. El obstáculo meteorológico anima a la gente a moverse. Para comprobar que todo funciona y que todo es posible. Como un día de sol...

Teresa tenía previsto todo un programa para la semana. Una lista de actividades relacionadas con el trabajo que estaba haciendo, bibliotecas, librerías, entrevistas, la redacción de su revista para consultar unos archivos. Y luego almuerzos rápidos, breves interrupciones en un lugar casual para continuar un *afternoon* dedicado a exposiciones, tiendas, rincones interesantes, recorridos sentimentales en busca de una Nueva York siempre viva en el recuerdo. «En esta calle, en esta plaza, en este barrio cuando yo era niña recién llegada a la ciudad...» «En esta tienda, *down town*, veníamos a comprar productos españoles. La llevaba una mujer con un moño tirante, que hablaba inglés con acento gallego. Olía como las tiendas de ultramarinos de un pueblo español. Y arriba, en la parte alta de Manhattan, vivían muchos exiliados, amigos nuestros, cerca de la Columbia y cerca del Little Puerto Rico.»

Después estaban las cenas tempranas que se prolongaban hasta tarde en la noche. Cenas con amigos recuperados momentáneamente, amigos americanos y algunos españoles que saludaban a Teresa como a una resucitada a pesar de que hacía sólo unos meses que habían dejado de verse. Cenas en apartamentos o en restaurantes significativos. Reencuentros entusiastas durante los cuales se hablaba y se discutía de todo. El fervor de la amistad sorprendió a Daniel. Siempre había pensado en Nueva York como en una ciudad fría en la que la gente vivía aislada, embebida en el trabajo y su cansancio.

Teresa decía:

—Nueva York es la capital del mundo, de un mundo en el que habitan muchos rebaños, muchas tribus de gentes que se buscan y se apiñan para protegerse y sobrevivir... Pero que no son tan cerradas. A la segunda generación ya pertenecen a Nueva York y los contactos se extienden entre los diferentes núcleos. La apertura depende sobre todo del nivel cultural de la gente. Por otra parte, en la gran ciudad se establecen relaciones humanas más puras, despojadas de las implicaciones cercanas. De los lugares cerrados y pequeños, de los odios y amores de familia que se van heredando y acentuando con el tiempo. En la gran ciudad las relaciones no están contaminadas por un conocimiento heredado y previo. Y luego hay otro tipo de contactos, superficiales y gratos. Contactos con personas que nos rodean en las necesidades de la vida diaria, una tienda, un banco, la gasolinera, la peluquería. Gente que cuando se la trata cordialmente es también amistosa, sonríe, alegra los pequeños encuentros cotidianos...

Los amigos de Teresa no pertenecían a un determinado grupo social ni a una misma profesión. Había profesores pero otros trabajaban en prensa, en televisión, escribían, pintaban, tenían relación con la política o con los problemas sociales de la ciudad. Procedían de orígenes y países diferentes y pasaban de un idioma a otro con facilidad, manteniendo siempre, por cortesía, el inglés como lazo de unión entre ellos. El español brotaba con frecuencia, arrollador y comunicativo. Algunos trabajaban en temas españoles literarios o históricos, y había representantes de países americanos de lengua española. Pero la mayoría eran específicamente neoyorquinos. Daniel tomaba parte apasionada en las discusiones. Aportaba puntos de vista personales, posturas críticas. Teresa descubrió un Daniel nuevo, más brillante, más interesado en todo, que el Daniel universitario centrado en el Departamento de Español, que ella había conocido. Daniel también disfrutaba con los lugares de encuentro que Teresa frecuentaba en la ciudad. Restaurantes, bares, cafés con música de fondo, copas, personajes conocidos que Teresa le presentaba fugazmente o que se incorporaban a su mesa por un tiempo. Lugares de moda que se desplazaban de zona al cabo de un largo tiempo, otros con mayor rapidez. Las casas le fascinaban. Las mujeres le sorprendían. Se respiraba un aire de libertad personal auténtica con sus riesgos y sus incertidumbres pero con el gran lujo aceptado sin dudar: el derecho a equivocarse y a rectificar las actitudes generales y las conductas individuales.

En un cóctel, Daniel conoció a Robert, el ex marido de Teresa. Fue él quien se dirigió a saludarles al verlos entrar. Besó a Teresa y la atrajo a su lado pasándole el brazo por los hombros. Saludó a Daniel con una sonrisa aparentemente cordial pero él tuvo la sensación de que algo frío y hostil les separaba. Daniel trató de encontrar la mirada de Teresa para recibir un mensaje que le tranquilizara, un gesto ligeramente burlón, un enarcar de cejas, incluso un intento de desprenderse del absurdo abrazo para acercarse a él. Pero Teresa evolucionaba entre la gente con soltura siempre al lado de Robert y Daniel tuvo un repentino acceso de ira que le llevó a centrar su atención en una mujer que le había sonreído de un modo especial, al pasar a su lado. La mujer hablaba con un hombre mayor, de pelo blanco, que alguien le había presentado. Daniel se volvió de espaldas para coger una copa de la bandeja que le ofrecía un camarero que le habló en español: «Señor, ¿quiere más hielo?». Un leve golpe en su brazo derecho le hizo girar sobre sí mismo. El hombre del pelo blanco reclamaba su atención para presentarle a la hermosa Manuela, brasileña, «futura cantante de ópera, ¿sabe?».

Aquella noche tuvieron una terrible pelea. Se retiraron tarde, cansados e irritables los dos. Habían bebido mucho, habían hablado mucho, habían permanecido alejados uno del otro, ofendidos y esquivos. Finalmente fue Teresa la que abordó a Daniel y le dijo: «¿Vienes?», interrumpiendo el cambio de impresiones, aparentemente apasionante, entre la brasileña y él, que mostró una exagerada sorpresa al preguntar: «¿Es ya tan tarde?», después de mirar el reloj y despedirse efusivo de la belleza morena que le dio unos besos largos y encendidos muy cerca de la boca. En silencio regresaron al cálido refugio que les esperaba en el apartamento del piso doce sobre el río, en River Side Drive.

Teresa se dirigió a la cocina sin cruzar palabra con Daniel y se sirvió una copa. Luego se descalzó y se acurrucó en el sofá con los pies escondidos bajo un almohadón. Daniel la miraba en silencio y no sabía por dónde empezar. Su febril imaginación urdía soluciones adolescentes para su ira. A saber: coger el ascensor y marcharse en busca de un hotel... Esperar al día siguiente y regresar a la Universidad. Una vez allí encerrarse en sus clases y en la vida del campus y procurar adelantar al máximo el regreso a Madrid para la Navidad... Permanecía de pie, de espaldas, aparentemente sumido en la contemplación de la noche y el río. Teresa, con la copa en la mano, dijo sarcásticamente:

—¿Se puede saber qué te pasa?

Y él no contestó.

—No creí, nunca pensé que fueras tan provinciano —dijo Teresa—. En España ¿toda la gente que se divorcia se odia? ¿Todas las parejas se niegan el saludo para siempre? Habla y explícate, por favor... ¿Qué te ha hecho Robert?

Daniel se volvió al fin, miró a Teresa serio y con el ceño fruncido y contestó con una voz pretendidamente hueca y desdeñosa.

—A mí no me ha hecho daño. Y si quieres que sea sincero, pienso que a ti tampoco ha podido hacerte nada... Es realmente encantador. Me parece un error que os hayáis divorciado. Aunque tiene remedio, por supuesto. Creo que te va muy bien y que deberías quedarte aquí con él a terminar tu trabajo sobre las parejas importantes y equilibradas. Ah, también podrías añadir un capítulo sobre vosotros dos...

A medida que Daniel hablaba Teresa iba cambiando de humor y estalló en una carcajada ante las últimas palabras. Se levantó de golpe, se acercó a él y le abrazó y le besó apasionadamente.

—Celos, celos —dijo risueña. Y luego, fatigada y somnolienta, añadió—: Vámonos a dormir. Y mañana hablaremos largo y tendido de tu primitivismo total...

Mientras desayunaban Teresa dijo: «Punto primero. Quiero mucho a Robert. Le quiero de verdad, ha sido parte de mi vida durante un tiempo largo y aunque hayamos fracasado en una relación estable eso no quiere decir que no me alegre de verle y que no sea una de las personas más inolvidables que han pasado por mi vida, incluidos mis padres. ¿Algo que objetar, algo de que extrañarse?».

Daniel comía en silencio.

Un débil sol arrancaba destellos de las aguas grises del río. Pájaros, ¿gaviotas?, rondaban un barco cercano.

Teresa dio otro giro a la conversación.

—Si un día te separaras de Berta, ¿la odiarías? ¿Le negarías el saludo? —preguntó.

—Yo no me he separado de Berta. Es la madre de mis dos hijos. La quiero. Pero si un día llegara a odiarla y me separara procuraría no volver a encontrarla en mi vida...

Teresa estaba seria, entristecida. Había abandonado el tono agresivo del principio para decir:

—Yo no me separé por odio. Me separé porque nos hacíamos daño el uno al otro. Había zonas de desacuerdo, de desencuentro, de distancia que no podía soportar. Me perturbaba la convicción de que aquellos desacuerdos no tenían remedio. Eran demasiado profundos y duros. Pero cuando veo a Robert me alegro y me gusta hablar con él porque sólo hablo de las cosas que nos unían, las que nos engañaron y nos hicieron creer que eran la base para una vida serena y feliz... Y no sé por qué me parece que a ti te ocurre todo lo contrario. Tú no tienes con Berta lazos sólidos. Tú estás viviendo un matrimonio convencional como hay miles, millones y eres tan cobarde que no lo quieres admitir. No te atreves a afrontar una situación que requiera cirugía. Prefieres mantener intacto el hastío, el fracaso, el desdén que sientes por tu mujer; prefieres arroparlo, protegerlo para que no se vea, no se trasluzca desde fuera. Eres un provinciano, Daniel, un provinciano español de los años sesenta con ribetes de progresía, sólo adornos, palabras, posturas para la galería...

Sonó el teléfono y era una vieja amiga de Beatrice, que necesitaba confirmar la hora en que se presentarían en su casa, al día siguiente, para celebrar, con el grupo familiar, la familiar fiesta de *Thanksgiving*.

—Acción de gracias, sí —dijo Teresa cuando hubo colgado el teléfono—. Yo también debo dar las gracias por los primeros emigrantes que llegaron de Europa. Gracias por haber venido aquí de niña y por haberme convertido en una mujer hecha y derecha, sincera conmigo misma. ¿Te imaginas que yo me hubiera quedado en España y me hubiera llegado a convertir en una Berta cualquiera, dependiente de un señor como tú, que me desprecia y me respeta, me engaña y me teme, me tortura y me compadece?...

Sin esperar respuesta, Teresa suplicó con energía:

—Vámonos, que hay muchas cosas que hacer en Nueva York más importantes que esta estúpida discusión sobre un tema totalmente obsoleto...

Helen McGallaway vivía encaramada sobre Central Park, en un apartamento luminoso y bellísimo, vecino al Plaza. Desde su terraza acristalada se veía la pista de patinaje en la que giraban sin descanso niños, jóvenes, hombres y mujeres maduros.

—Para mí éste es el corazón de Nueva York, de mi Nueva York al menos —explicaba a Daniel la dueña de la casa, una mujer alta y delgada, con el pelo blanco y un rostro expresivo, lleno de vida y marcado de las arrugas que esa vida había ido grabando en él.

—Hábleme de España —dijo luego—. Yo viajé a España durante la guerra civil con mi marido. Luego regresé en los cincuenta. Qué pena de país... Un pueblo maravilloso tan mal forjador de su historia... Mejor dicho, tan víctima de los descalabros de su historia...

Teresa se sentía en su casa. Organizaba con los hijos de Helen los últimos detalles para la cena. Entraba y salía del salón a la cocina donde ayudaba a Eudora, la vieja cocinera del sur, a rematar los últimos detalles del pavo.

—Mi marido murió en el 82. Le haré llegar un

volumen de artículos entre los que hay muchos de sus reportajes sobre la guerra de España... También de la posguerra. Y uno de los últimos artículos lo escribió en el 75 cuando murió Franco... ¿Cuánto daño, verdad? ¡Cuánto daño!... ¡Qué difícil salir de una dictadura!

Daniel oía reír a Teresa en la cocina y empezó a hablar, en un tono jovial y desenfadado.

—Es difícil salir de una dictadura, sí... Nosotros creo que hemos encontrado una fórmula bastante tranquila. Nuestra transición ha sido pactada por los partidos, aceptada por los ciudadanos...

Helen sonrió.

—Lo sé. Leo la prensa continuamente y he seguido en su momento lo que decía de España... Sin embargo, fíjese, Daniel, no se moleste por lo que le voy a decir. A mí me parece que esa transición tan bonita tiene alguna trampa. No sé por qué. Debe de ser porque mi marido me hablaba tanto de aquella guerra. Del dolor de la gente. De los dramas de una guerra civil... ¿Se puede olvidar eso, así de pronto?...

Daniel sonrió. Había hablado en varias ocasiones de este asunto, desde su llegada a la Universidad. Al principio sobre todo, había tratado de ser sincero y se había aferrado siempre al mismo argumento, el que iba a exponer ahora a Helen, que esperaba con interés sus palabras.

—Mire usted, Helen. Yo y, como yo, la gente de mi generación nacimos al final de los cuarenta. Estamos cansados de oír a nuestros padres hablar de aquella guerra. Cuando fuimos a la universidad aún vivía Franco, pero ya estábamos *malgré lui* con un pie en Europa... Queremos olvidar y empezar de nuevo. Todo irá bien, se lo aseguro...

Teresa se acercaba siguiendo a Eudora, que transportaba triunfalmente un pavo asentado en una gran bandeja vistosamente decorada. Daniel guardó silencio. Recordaba que Teresa le había atacado muchas veces por lo que ella llamaba sus ambigüedades políticas.

Los dos hijos de Helen con sus mujeres dieron a la cena un tono alegre, lleno de humor y de viveza. Teresa disfrutaba.

—Voy a ver a tu padre y a Beatrice en cuanto llegue la primavera —dijo Helen—. Creo que están muy felices allí. Me alegro de que se alejaran un poco del ritmo de Nueva York. Lo necesitaban. Tu padre está escribiendo sus memorias. ¿Lo sabías, verdad?

Teresa dudó un instante y al fin dijo:

—No lo sabía pero me lo figuraba. Si no, ya hubiera vuelto aquí...

—Debe de estar muy sereno y muy absorto en sus recuerdos. Las memorias siempre le han interesado y yo le he dicho mil veces: «Escribe las tuyas, escribe lo que viviste. Aunque no tienes nietos, hay muchos nietos que necesitan abuelos como tú...».

El *Thanksgiving* transcurrió dulcemente. La atmósfera de la casa invitaba a la charla tranquila y sosegada. Helen era una conversadora fascinante. Su vida estaba llena de episodios interesantes. «Soy una vieja luchadora por las libertades de los demás», decía. «Yo he tenido la suerte de nacer en una familia y en un país privilegiados. Y he sido educada en la solidaridad y el respeto a todos los seres humanos, creo en la educación y la cultura como únicas armas... y he luchado por esas ideas.» Su palabra reposada, su hermosa voz llenaban el salón. Su mirada se perdía en el fuego de la chimenea. Las palabras bailaban sobre las llamas.

—Helen, tú también debes escribir unas memorias —dijo Teresa. Y Daniel reforzó la petición con entusiasmo.

—Por favor, Helen. Su vida es mucho más que una memoria. Es un ejemplo de humanidad y entrega a los demás. Conozco por Teresa sus estancias en América Latina, en África, en Oriente. Esas misiones especiales de ayuda a programas sanitarios y culturales apoyados o diseñados por Eleanor Roosevelt y sus gentes...

Cuando se retiraron, a medianoche, todos los malhumores y disgustos se habían derretido entre ellos, al calor de la palabra y el entusiasmo de Helen, la vieja amiga.

—Yo nunca he podido enamorarme de un hombre sin admirarlo previamente. Y no sólo por el atractivo físico sino por su personalidad, su forma especial y original de hacer las cosas, su talento para lo que hace, su filosofía de la existencia, su inteligencia, en definitiva. Y sin embargo casi todos los hombres que dicen haberme querido no me admiraban. Es decir, se sentían atraídos por mí físicamente. Podía ser una fuerte atracción. Pero rara vez una admiración de tipo intelectual. Al contrario, tengo la sensación de que las posibles cualidades que veían en mí los distanciaban. Quizá no a mis amigos o a mis compañeros de facultad y luego de trabajo. Pero a mis posibles enamorados, sí. Comprobé, bastante joven, que me tenían miedo... Porque entre los hombres las cosas funcionan de otra manera. La admiración de tipo intelectual sin límites se produce entre hombres. Hay un verdadero «enamoramiento» entre hombres, como consecuencia de esa admiración. Los chicos y luego los hombres se sienten fuertemente atraídos por los méritos de sus compañeros-hombres. Quiero que quede claro que no me estoy refiriendo para nada a un enamoramiento o una atracción homosexual. Eso es otra cosa. Estoy hablando de hombres heterosexuales y fuertemente masculinos. Que valoran a otros hombres por su brillantez profesional, su sentido del humor, su supuesta superioridad...

Teresa divagaba. Estaban derrumbados en sus butacas, uno frente a otro, al final de un largo día de paseos, museos, rápidas incursiones en tiendas muy especiales donde Teresa sabía que encontrarían regalos para los hijos de Daniel. Daniel no había nombrado a Berta, y Teresa, que estuvo a punto de sugerirlo en algún momento, había rechazado la idea.

El regreso había sido triste. El recuerdo de Nueva York, el brillo de Nueva York era, de algún modo, la despedida de América. Se acercaba la Navidad. Se acercaba el final. Las fiestas inauguraban la alegría anticipada de las vacaciones.

Teresa y Daniel rehuían los encuentros festivos. Se limitaban a estar juntos y solos durante el tiempo libre.

Aquel viernes, en casa de Teresa, la tarde se desvanecía en rosas y azules. A través de la ventana que daba al jardín interior, habían observado los cambios de luz. Se anunciaba un crepúsculo gris y frío.

Daniel y Teresa, sentados ante una taza de café, charlaban.

Sus palabras flotaban sobre una suave música de fondo.

—Daría todo por acertar con un poema —había dicho Daniel repentinamente.

—¿El amor también? —había preguntado Teresa.

—Sí, creo que el amor también —dijo Daniel—. El hombre vive solo pero el poeta «es» solo. No necesita a nadie en su búsqueda obsesiva de la palabra que exprese lo que le envuelve y le perturba...

Era un juego personal a través del cual indagaban en sí mismos. Un ejercicio de mutuo narcisismo que les impulsaba a brindarse muestras de la propia calidad mental, retazos de sus análisis en torno a temas que apasionaban a ambos.

Era, en el fondo, un juego de seducción. Un deseo de cautivar al otro, de atraerle por medio de una cascada de fuegos artificiales con un fondo de sinceridad.

Daniel tomaba parte de buena gana en el juego, pero, a veces, caía en un momento de distracción melancólica. Teresa se retiraba, discreta, del diálogo. Se levantaba a buscar algo o bien cerraba los ojos, sumida en reflexiones no expresadas. Solía suceder cuando la charla, sobrepasando el terreno despersonalizado en que solían moverse, adquiría un matiz personal. Teresa era muy dada a derivar hacia la confidencia para reforzar sus argumentos. «Yo, por ejemplo...», decía, y Daniel se ponía en guardia porque él no quería, no necesitaba utilizarse como ejemplo y huía de toda afirmación sobre experiencias pasadas o presentes.

En las conversaciones con amigos, en la Universidad, en Nueva York, Daniel era incisivo, brillante. Era el Daniel profesor, ensayista, poeta que opinaba en un plano elevado y revelaba el conocimiento del mundo cultural que ocupaba la mayor parte de su tiempo. Y cuando conversaban ellos dos, Teresa valoraba la calidad de la relación intelectual que les unía, la indagación paralela de la realidad, los hallazgos de la imaginación. No dudaba del Daniel intelectual. Tampoco dudaba de la pasión.

No encontraba fallos en los deliquios amorosos, la sensualidad perfectamente acorde, la atracción física que les acercaba y transformaba sus encuentros en éxtasis. Pero le surgían dudas, temores, desconciertos cuando trataba de construir la imagen del Daniel casado con una mujer insoportable e inferior. Y rechazaba sus planteamientos de vida personal, confusos y contradictorios.

Daniel se le aparecía entonces como un ser inmaduro, aferrado a fórmulas caducas que desvirtuaban los conceptos teóricos que esgrimía con claridad en sus discusiones.

Teresa se percataba de que Daniel resolvía sus problemas en largos monólogos interiores. El punto de vista ante cualquier aspecto de la vida cotidiana, la postura ante esa vida, eran asunto suyo. Teresa no podía discutir con él acerca de ese territorio privado, desconocido y al mismo tiempo decisivo para ellos y su impreciso futuro. Ante la amenaza de una pregunta de Teresa sobre algo personal, Daniel mostraba una desazón, una incomodidad que resolvía en seguida desviando la atención hacia un tema neutro e inofensivo. «Se me había olvidado comentarte...», empezaba. Y el peligro parecía haber pasado. Sin embargo Teresa no se quedaba tranquila. Le inquietaba el repentino hermetismo de Daniel cuando se rozaba levemente algo que tuviera relación con su forma de ser o actuar en su oscura vida de Madrid. «La puerta está cerrada», se decía Teresa. «Es inútil tratar de asomarse al interior.» Ese rechazo, esa ausencia de confidencias por ligeras que fueran, desconcertaba a Teresa. El silencio de Daniel ante cualquier intento consciente o inconsciente de acercarse a su intimidad le causaba un sentimiento doloroso de soledad. Le hubiera gustado atacarle, decir: «Estoy segura de que reservas para los congresos, las mesas redondas, los encuentros con los compañeros, los "grandes descubrimientos" que vas reuniendo, clasificando, archivando... Pero no estás acostumbrado a hacer de esas ideas tu alimento permanente. No convives con ellas. Convives con las pequeñas anécdotas familiares, los pequeños deseos de tu mujer y de tus hijos y te reservas en el apartado de lo profesional superior una opinión a tener en cuenta, a incrustar en medio de una conversación inteligente, un artículo o el capítulo del libro. Pero, dime, ¿es posible esta forma de llevar la vida? ¿Esta dicotomía, esta esquizofrenia? ¿Puedes imaginar, de ahora en adelante, seguir viviendo sin nuestros descubrimientos compartidos, sin nuestras coincidencias? ¿Podrás vivir sin mí, después de estos meses?».

Se había hecho la oscuridad y ninguno de los dos parecía darse cuenta. Al encender las lámparas cercanas al sofá, la claridad se extendió en círculos. Por un momento su silencio fue sorprendido por la irrupción de la luz que les mostró cómo eran, rostros desnudos, ceños fruncidos, sumidos en pensamientos ocultos.

Teresa se levantó y fue encendiendo todas las luces del salón. Colocó nuevos troncos en la chimenea y las llamas añadieron un nuevo resplandor, una confortable intimidad. Daniel dijo:

—Esta casa es nuestro refugio...

Hasta ese refugio llegó la voz de Philip por teléfono.

—*¿Iréis esta tarde a la fiesta de los Bernstein? Irán Felipe y Ángeles, Louise Marcovitch, Sarah y Marcos Fiorini... Si vais vosotros, me animaré. Si no, me retiraré temprano a descansar...*

—Deberíamos ir, por Philip —dijo Teresa tapando con la mano el auricular.

Daniel hizo un gesto de ambiguo asentimiento, pero en el fondo estaba de acuerdo. Probablemente sería una buena idea abandonar su apatía y el sombrío humor de Teresa. Faltaban veinte días para su partida. Quedaban trabajos que rematar con los alumnos, reuniones del Departamento. Y muchos momentos para estar juntos frente a frente, tratando de rehuir la certidumbre de la inmediata separación.

Los Bernstein eran una pareja cordial y generosa. Su casa estaba abierta a los compañeros de la Universidad y sus reuniones eran animadas, distendidas y alegres. Cuando la noche avanzaba y los más moderados se iban retirando, el grupo de los íntimos se derrumbaba en los sofás de la chimenea. El fuego de los troncos y las copas renovadas aumentaban el calor de la charla. Los temas se sucedían sin cesar, desde el último libro o la penúltima película hasta el próximo concierto del Auditorio.

Cuando estaba Philip, era él quien introducía un elemento tentador que estimulaba la conversación. Aquel día, a propósito de la nueva aventura amorosa de un personaje célebre, Philip intervino para dar al insignificante asunto un giro polémico.

—Todo tiene que ver con el poder. El amor escandaloso también. El origen del poder está en el deseo de alcanzar lo que buscamos. El poder político, el social, el económico. ¡Ah!... Y también el literario y el artístico. El poder se impone por sí mismo, guste o no a los demás. Pero el precio que se paga por conseguirlo es terrible...

—Bueno —interrumpió el anfitrión—, eso puede que sirva para el hombre pero yo creo que a la mujer no le interesa tanto el poder si tiene que renunciar a todo lo demás. Desde luego, si tiene que renunciar al amor o a los hijos. Puede rechazar la maternidad, de hecho algunas mujeres lo hacen, por conseguir una forma de poder profesional. Pero si ya es madre, es difícil anteponer la lucha por el poder al hijo. No imposible, pero sí difícil. Eso tiene relación con la fuerte implicación de la mujer en sus sentimientos. En el caso del hombre, no. El hombre puede renunciar a un amor y a la paternidad, puede sacrificarlo todo por el poder externo, o ese otro poder inmenso, que produce el descubrimiento de lo que intelectualmente anda buscando, sea científico o artístico. No quiero decir que prescinda del amor a los hijos, sino que, sencillamente, pasan a un segundo plano...

—Lo que necesita una mujer —dijo Teresa— es *a room of her own.*

—¿Para cocinar o coser? —ironizó Louise. Acababa de tener su segundo hijo y su marido estaba haciendo una gira de conferencias durante un mes por América Latina. Se advertía siempre en sus comentarios un fondo de resentimiento que todos conocían y aceptaban benévolos.

Teresa, aquel día, estaba poco dispuesta a tolerar réplicas torpes.

—En muchos casos, sí —contestó—. Ese espacio que necesita la mujer se queda en una interpretación grotesca del espacio que ella necesita de verdad...

Se hizo un breve silencio. Louise recogió el guante y sonrió aparentemente tranquila.

—Teresa, por favor, todos sabemos que *your room* es un espacio alto y ancho, brillantemente iluminado...

Cuando salieron a la calle, Daniel preguntó:

—¿Qué te ha pasado, Teresa, para estar tan agresiva con esa pobre Louise?

124

—No me ha pasado nada especial. Pero no soporto a las mujeres vulgares, gallináceas y amargas. ¿Tú sí?

Daniel no contestó. Acompañó a Teresa hasta el coche y se despidió de ella con un lacónico: «Hasta mañana».

A medida que se acercaba el tiempo de la despedida Teresa caía con mayor frecuencia en estados de ánimo irritables e hirientes.

Daniel se daba cuenta de que sufría por la cercana separación. Desde el regreso de Nueva York rehuía los encuentros y las reuniones sociales en las que sus malos humores y acritudes brotaban como un chispazo con el motivo más insignificante. El fantasma de Berta se alzaba entre ellos como una amenaza, como si, por primera vez, Teresa hubiera descubierto su existencia.

La fría despedida de Daniel había desencadenado en Teresa una nueva furia. Al llegar a casa marcó en el teléfono el número de Philip.

—*Estoy mal. ¿Puedes venir a tomar una copa conmigo? Mañana es sábado, ¿recuerdas?, y no necesitas madrugar...*

Philip llegó en seguida. Se despojó de su abrigo e inquirió preocupado:

—Teresa, por favor, ¿qué ocurre ahora? ¿Qué

te pasa? Has estado bastante impertinente con la pobre señora Marcovitch... ¿Y Daniel? ¿Dónde está?

—En su casa —dijo Teresa—. Suele irse a su apartamento. ¿O qué crees? ¿Que lo nuestro está establecido y seguro y es un baño de rosas?

Philip no contestó. Atravesó el salón hasta llegar a un arcón chino sobre el cual descansaba la bandeja llena de botellas y copas. Cogió la botella de whisky con una mano y un vaso con la otra.

—¿Tú quieres beber algo? —preguntó.

Teresa dijo que no con la cabeza y Philip supo que estaba a punto de llorar.

—Muy bien. Entonces voy a buscar hielo para mí...

Cuando regresó de la cocina, Teresa, hundida en su butaca preferida, tenía los ojos cerrados y las lágrimas resbalaban por sus mejillas.

—Por favor, Teresa. No llores... Hace mucho que no te veía llorar.

Ella se incorporó y se secó las lágrimas con una mano.

—Perdóname, Philip —dijo—. Vas a tener que cambiarte de casa. Vete a vivir lejos. Te tengo tan cerca que no puedo evitar llamarte cuando me siento sola y huérfana como hoy... No olvides que mi padre vive en Santa Fe y tú eres el mejor amigo de mi padre...

—Está bien, querida «hija». Explícame entonces lo que pasa...

Philip se había acomodado, tranquilo y sonriente, en una butaca. Acercó su vaso a los labios y bebió larga y sosegadamente.

—Pasa que Daniel vuelve a España... Pasa que esta historia ha terminado.

Philip seguía sonriendo y preguntó, paciente:

—¿Te lo ha dicho él?

—No seas absurdo. Él nunca dice nada. Nunca puedes saber lo que piensa. Creo que él tampoco lo sabe...

—Seguro que no —afirmó Philip—. Es muy difícil saber lo que le pasa a uno por dentro. Pero, por lo que yo veo y observo, está pendiente de ti, de lo que dices, de lo que haces. Te mira arrobado... Hasta cuando disparatas como hoy, creo que te está admirando...

La noche avanzaba y los argumentos de Philip se fueron haciendo barrocos, elaborados y complejos en un afán de consolar a Teresa. Era alta madrugada cuando ella se dio por vencida y se despidió de Philip con un beso.

Daniel no podía dormir. La furiosa acometida de Teresa contra Louise le había dejado asombrado. Es verdad que estaba nerviosa e irascible en los últimos días. Por otra parte Berta, que parecía hasta cierto punto contenta, en la última llamada telefónica, sin embargo, no pudo evitar su gota de amargura.

—*Bueno. Al fin terminó tu curso o cursillo o lo que fuera. Qué largo se me ha hecho... Claro, desde ahí, es difícil darse cuenta de la cantidad de problemas que he tenido que resolver yo sola esta temporada... Ya te iré contando porque no es para hablarlo por teléfono. Pero estoy deseando que vengas y ates corto a Javier. Sólo tiene diecisiete años y se cree un hombre... Sobre todo desde que te fuiste...*

Daniel estuvo lacónico y no quiso indagar, investigar la razón de la queja de Berta. ¿Javier? El débil Javier, el niño de mamá, el lejano Javier se había distanciado de su padre por completo. Le rehuía en el teléfono. Hablaba poco. Sus mensajes le llegaban a Daniel a través de la madre. Estudios, aficiones, peticiones de dinero. Nunca había hablado con él seriamente desde que la infancia dio paso a la etapa arisca de la adolescencia. Daniel temía la llegada, el enfrentamiento con el hijo, la mirada inquisitiva de la hija que le adoraba. Marta, la fuerte. Marta, la niña de papá. Recordó que Teresa había elegido para ella un jersey y un pantalón de una marca que estaba arrasando entre los jóvenes. El recuerdo de Marta le conmovió. Marta sí. Marta le esperaría anhelante. Le contaría en algún momento las alianzas que la madre y Javier hacían contra ella. La dureza con que la trataban cuando él no estaba. Todo ello buscando su atención especial.

A medida que se acercaba el momento del regreso, las defensas de Daniel se tambaleaban. Durante el tiempo transcurrido, una sabia inhibición le había permitido vivir libre y confiado, sin detenerse a pensar en ellos, los hijos, y en Berta. Las llamadas periódicas le tranquilizaban. «*¿Todo bien? ¿Los niños bien?*» Y ella contestaba: «*Sí, todo bien. Pero...*». Y una sucesión de noticias negativas, la mayor parte irrelevantes, ocupaban el resto del tiempo que duraba la conversación. Recordaba un día especialmente duro. De pura casualidad Teresa estaba en su apartamento y adivinó que algo iba mal.

—¿Tormenta? —preguntó lacónica.

—No, sólo una tempestad en un vaso de agua.

Teresa había sonreído y cambiado de tema en seguida. Al principio no parecía interesarse por Berta pero en las últimas semanas no podía soportar que la nombrara.

Daniel hablaba poco de su familia. Pero a veces era inevitable que surgiera el nombre de su mujer al hablar de un suceso pasado que implicaba a ambos. Y sobre todo si se trataba de conflictos con los hijos. En una ocasión intentó explicar a Teresa lo que había sido su vida en los primeros años de matrimonio. Con sinceridad, tratando de ser honesto, afirmó que Berta había aguantado bien aquella primera etapa en la que él no acababa de situarse en la Universidad y tenía que hacer trabajos por encargo que pagaban muy bien, aunque los temas no le interesaran.

—Eran años difíciles. Y luego los dos niños tan seguidos...

Ahí Teresa había abandonado su discreción y su distanciamiento habituales para exclamar:

—¿No pensabais que dos hijos eran muchos para vuestra situación, dos hijos tan seguidos y nada más casaros? ¿No podíais haber esperado más?

—Bueno, sí —dijo Daniel—. Pero Berta era muy religiosa. Era y lo sigue siendo aunque ha cambiado un poco...

—¿Sabes? Me parece que todo el tiempo me estás hablando de una mujer del siglo XIX —replicó Teresa interrumpiéndole.

Daniel se echó a reír.

—Según esto todas las mujeres sois del siglo XIX. Heroínas de novela del siglo XIX.

—¿Como Madame Bovary? ¿Como Ana Karenina? Creo que estás muy equivocado. Eres tú seguramente el que vive en el siglo XIX. ¿Cómo puedes tener esa disociación entre la postura intelectual, los gustos literarios, la formación filosófica y política y la realidad, tu realidad?

Daniel estaba un poco cansado pero replicó.

—Bueno, la realidad está hecha de muchas cosas. Olvídate de las ideas. La realidad es inmediata, sensorial, urgente. Hace frío y la casa es un refugio cálido. Tengo hambre y el olor de la cocina funcionando con sus olores estimulantes me produce alegría. Yo no necesito lo intelectual de puertas adentro. Eso lo encuentro en otras partes.

—¿Para ti, entonces, el hogar, la casa, el refugio, se inscribe en lo puramente físico? Para mí, no. Es todo eso, desde luego y una cama confortable para dormir y para amarse. Pero también son otras cosas. Por ejemplo, sentarme en una butaca y con los ojos cerrados pensar, imaginar tranquilamente. Y oír música. Y mirar por la ventana para observar el color de los árboles o el cielo. Y si es en una ciudad, sentir el ritmo, el sonido, la vida palpitando a mi alrededor...

—Todo eso se puede hacer solo —dijo Daniel.

—Yo lo hago sola desde hace un tiempo. Pero es extraordinario cuando se hace acompañado...

No era la primera vez que los hijos surgían en la conversación. No precisamente los hijos de Daniel sino los hijos de cualquier amigo o conocido. Y de los hijos ya habían discutido otras veces. Con ligeras variantes, el punto de vista de Teresa era siempre el mismo: un hijo debería ser el resultado de un deseo y un proyecto común de dos personas. «Por eso —solía decir— no entiendo las familias numerosas que resultan de una relación tantas veces rutinaria. Es verdad que en otros tiempos no había métodos anticonceptivos pero así y todo había parejas que decidían firmemente si querían o no tener un hijo. Hay muchos hijos engendrados con irreflexión. Yo creo que Robert y yo no tuvimos hijos porque no estábamos seguros de desearlos, no acariciábamos ese proyecto. Probablemente sabíamos que, en el fondo, nuestra relación estaba basada en otros supuestos, el compañerismo, los intereses intelectuales, etcétera. Y quizás en el fondo rechazábamos la dura realidad que su-

131

pone el lazo de los hijos... Lo cierto es que he llegado a los cuarenta y dos años sin desearlos... Y estoy segura de no haberme equivocado...»

Ante una afirmación tan rotunda, Daniel se sintió humillado y en vez de recurrir a argumentos convincentes exclamó indignado:

—Te crees superior...

La frase resonó en sus propios oídos como algo lejano y a la vez vivo en la memoria. En una ocasión, lo recordó de pronto, Berta le dijo a él: «Te crees superior...». Precisamente porque ella no estaba de acuerdo con algo de lo que él opinaba o trataba de hacer. Y fue la única respuesta que tuvo a mano. Una respuesta resentida... La misma que él había utilizado en ese momento contra Teresa. Constatar ese paralelo le dejó anonadado. Teresa se echó a reír. Se acercó a él y con sus dedos trató de deshacer la arruga que cruzaba su frente. Daniel la apartó suavemente y recordó un poco avergonzado que él, con Berta, se había limitado a abandonar la habitación de un portazo.

El sueño no llegaba. Berta. El reencuentro. Berta. Nunca le dejaría irse. Berta. Los hijos... Los hijos para Berta eran un seguro de vida. Recordó que una vez la había oído hablar por teléfono con una amiga. Le aconsejaba que tuviera hijos, que no esperara más. La interlocutora, al parecer, dudaba.

Berta insistía: «*Eso es verdad. Pero oye, y si no tienes hijos te plantan un día y ¿qué haces? Los hijos son siempre un seguro... Ya sé que algunos hasta con hijos... Pero no me negarás que se lo piensan más con hijos...*».

Berta, la cínica, la inútil, pero la madre de sus hijos. ¿Y Teresa? Todo lo contrario. La independiente, la segura de sí misma. «Me moriría si tuviera que depender de alguien para todo», dijo un día. Teresa, Teresa... El sueño, al fin, fue diluyendo sus obsesiones.

«Ya es sábado», fue la última y consoladora información que recibió de su conciencia. Pero el sueño no fue largo y reparador. Era todavía noche oscura cuando el reloj marcó las seis de la mañana. Se levantó, encendió las luces y se dispuso a intentar trabajar, la única forma de eludir las reflexiones incómodas.

Sobre la mesa, bajo el ventanal, un montón de carpetas ocupaba parte del espacio. Daniel rememoró las horas que había pasado, solo, ante los folios en blanco. Las notas, los hallazgos que pasaba al papel con urgencia para que no se perdieran ante la irrupción de nuevas ideas que fluían y desviaban por otros cauces la corriente del pensamiento. Allí había trabajado en un estado de serenidad desconocido. Nada interfería en sus horas de reflexión. Los artículos, los bosquejos de conferencias, el proyecto de libro se sucedían en ordenada profusión. Era un trabajo fecundo. El simple hecho de sentarse, dejar vagar la mirada por el bosque cercano, contemplar el pájaro que vuela, la

133

pareja de estudiantes que se desliza silenciosa por los caminos del campus, con las manos entrelazadas, la tranquilidad. A veces, cuando había decidido no salir de casa y tenía por delante las horas sin límite de la tarde-noche la concentración sobrevenía fácil. Era en esos momentos de libertad total cuando a veces recuperaba la necesidad de escribir un poema. Una necesidad que había creído perdida para siempre. Contempló con nostalgia anticipada el recinto que había cobijado sus días. Aquel apartamento, aquel espacio confortable y luminoso parecía hecho a su medida. Era un apartamento de uso individual. Exactamente lo que él necesitaba. Allí, en aquella celda cálida, había recuperado la independencia de los últimos años de la facultad, cuando se refugiaba en el apartamento madrileño que su padre le había comprado. Fue una época de libertad personal, lejos de los compañeros ruidosos del Colegio Mayor de los primeros cursos. Allí, había continuado refugiándose cuando Berta y los niños le impedían trabajar en casa.

Ahora y aquí, todo era diferente, estaba realmente solo. No tenía que huir, disculparse, escabullirse casi a traición para alcanzar el pequeño reducto de libertad. Aquí y ahora, la casa de Teresa era su otro «hogar». Un hogar sin discusiones ni lamentos, ni reclamaciones de proyectos urgentes y difíciles de acometer.

La casa de Teresa y Teresa misma representaban el lado prodigioso de su vida en América. A pesar de las últimas semanas, a pesar del ritmo amenazante de los días que se esfumaban acercando peligrosamente el momento de la despedida y provocando en Teresa un estado de angustia y desesperanza.

En cuanto a sí mismo, Daniel se negaba a pensar. Se limitaba a vivir el presente sin torturarse con las dudas del futuro. Una vaga suposición cruzó por su mente. «Supongamos —se dijo— que yo prolongara durante otro cuatrimestre mi estancia. Supongamos que pudiera. Yo seguiría en este apartamento. No me trasladaría a vivir con Teresa. Desearía que todo continuase igual por mucho tiempo. Independientes y cercanos. Unidos pero nítidamente separados por los límites de nuestra actividad profesional. Existe Nueva York. Y otros lugares a los que ir y de los que regresar a este oasis y permanecer como ahora, cerca y lejos. Juntos, gozosamente enajenados en nuestros encuentros amorosos pero también dueños de nuestro derecho a la soledad...» Una sombra de desconsuelo atravesó su razonamiento. La inminente separación de Teresa le angustió por un instante. El plazo estaba a punto de cumplirse. «¿Quién ocupará este apartamento en enero?», se preguntó. «No encontré huellas de los que lo habían habitado antes que yo. Y yo tampoco dejaré el rastro de mi paso. Otro se instalará. Mirará otro por el ventanal hacia el bosque. Añorará un paisaje abandonado por un tiempo. Recordará a una persona lejana que ha quedado atrás. Y yo estaré en Madrid, añorando este ventanal, este paisaje, este apartamento. Recordando a Teresa.»

Por última vez, llegaron a la casa de la playa. Un temporal del norte azotaba las costas atlánticas. No parecía especialmente violento a juzgar por los boletines meteorológicos, pero Daniel no se había atrevido a sugerir el fin de semana en el lugar que los dos preferían. Fue Teresa la que lo propuso. «Si te parece iremos. He pasado allí muchos temporales...»

La cercanía de las vacaciones les mantenía tensos, susceptibles. Vulnerables a cualquier mínimo fallo, error o intemperancia de uno de los dos.

Los días se sucedían rápidos e insulsos. Se repetían las fiestas aburridas. Uno por uno, Daniel se había despedido de todos los que durante su estancia en el campus habían sido sus anfitriones. Sólo quedaba uno, el más importante, el *chairman* de su Departamento. John y Elisabeth le habían anunciado ya que la última noche, la anterior a su viaje de regreso, querían dar una fiesta en su honor. Daniel recordó la primera, en la que había conocido a todos y se había encontrado con Teresa. Los meses habían pasado de prisa. Una atmósfera de amistad y confianza le había arropado des-

de el principio. Sus relaciones con los compañeros
y con los alumnos habían sido inmejorables. Pero
¿cómo hubiera sido todo sin Teresa? ¿O es que inevi-
tablemente habría encontrado una Teresa? «Difícil. Imposible», se dijo. «No...»

Y allí estaban finalmente los dos, frente a frente una vez más; acompañados sólo por el rumor
creciente del mar.

Al llegar, el viernes por la noche, después del
largo viaje en coche, el viento barría la arena, la
transportaba furioso de un lugar a otro. Dunas gi-
gantes aparecían y desaparecían. El bosquecillo
cercano frenaba un tanto la violencia del vendaval.

—No te preocupes —dijo Teresa—. No volará
esta casa. Sus cimientos son muy firmes...

Refugiados en su cabaña, la noche se fue vol-
viendo amiga. Bramaba el mar. Ululaba el viento
de los naufragios. Pero la calefacción creaba un
clima cálido, reforzado por la chimenea.

Cuando terminaron de cenar y el alcohol de
las copas brillaba en sus manos, los dos se quedaron silenciosos, frente al fuego.

Daniel pasó su brazo por los hombros de Teresa y acercó su cabeza suavemente hasta co-
locarla a la altura de su corazón. Ella se desasió un
momento, bebió un largo trago de whisky y recuperó su postura anterior. En voz muy baja dijo:

—Estoy desesperada, Daniel... No puedo soportar esta separación...

Él se inclinó hasta encontrar sus labios y la besó lenta, largamente.

—Nos veremos en seguida. Ya verás...

—¿Cuándo?

—No lo sé, pero estoy seguro de que nos veremos...

Por un tiempo no hablaron. Permanecieron abrazados besándose, acariciándose y cuando la pasión brotó, arrolladora, ella se desasió con brusquedad y dijo:

—No te vayas. Quédate. O déjame que te acompañe. Viviremos en Nueva York, en Madrid o donde tú quieras. Pero juntos...

Daniel la miró, sorprendido de su apasionamiento, de la urgencia de sus palabras.

—Te aseguro que nos veremos en seguida —insistió.

Pero Teresa se aferró a él con fuerza y contestó en voz baja y tensa.

—No es eso. Estoy hablando de una decisión importante. Quiero vivir contigo. Si te quedas yo encontraré trabajo para ti... Tengo contactos de sobra... y además yo tengo dinero. Y gano dinero. No necesitas preocuparte. Sería maravilloso para tu carrera. Podrías traer a tus hijos a estudiar, a pasar temporadas... Para ellos también sería importante...

Daniel no reaccionaba. No esperaba una propuesta así de Teresa. No reconocía a la Teresa firme y segura de sí misma, ferozmente independiente.

—No es fácil lo que me propones. En cualquier caso no es una propuesta para aceptarla precipitadamente...

Teresa parecía calmada.

—Tienes razón —dijo.

La tormenta interior había amainado. Fuera, el viento y el mar unían su furia en un concierto interminable. La tempestad había aminorado paulatinamente.

El sábado por la mañana apenas quedaban vestigios del tumultuoso vendaval. La playa estaba sembrada de pequeños naufragios: trozos de madera pintada, una botella de cristal tallado, restos de lona, cuerdas, conchas... La furia del mar había expulsado una mínima parte de los objetos que lo invadían cada día. Un sol tímido hizo su presencia en el cielo nuboso. Daniel y Teresa decidieron salir a dar un paseo. No volvieron a hablar de su futuro.

Tácitamente regresaron a un presente sin nubes. Teresa había recuperado su equilibrio habitual. A lo largo del día charlaron y rieron. Corrieron por la playa y se refugiaron en la casa cuando volvió a llover. Con renovado ardor se amaron y se repitieron las mágicas palabras de los enamorados.

—Nunca he pasado unos días tan llenos de experiencias y sensaciones, nunca he vivido tan intensamente al lado de nadie —dijo Daniel—. Puedes estar segura de que nunca lo olvidaré...

—Vamos a separarnos y ya hablas de que nunca olvidarás esta experiencia nuestra. Pero yo creo que la olvidarás...

Hablaba sonriente, burlonamente.

—A los hombres les suceden las grandes cosas sin que apenas se den cuenta. Los cambios en los sentimientos, las experiencias vividas a la vez que otro. A muchos hombres les pasa de todo y no se enteran. Pero a los inteligentes, a los superiores, ¿cómo puede pasar un raudal de sentimientos a su lado sin penetrarles, sin que se enteren, sin que puedan medir su importancia?

Daniel estaba perplejo ante aquel nuevo ataque. Pero ella le abrazó con fuerza y le dijo:

—Te quiero... Y no siento lo que te he dicho.

Fue una despedida. Los dos sabían que todo estaba dicho y que los días que quedaban serían una sucesión de anécdotas ajenas a ellos, aunque se aferraron uno al otro hasta el último momento.

En el viaje de vuelta, Teresa callaba, desolada por una devastadora angustia. Apenas podía hablar.

«Teresa la valiente», se dijo. «Teresa la indestructible.»

—¿Te quedarás en casa esta noche? —preguntó.

—Esta noche y todas las noches de la semana. Hasta que me vaya —contestó Daniel...

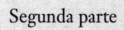

Segunda parte

Desde el aeropuerto de la Universidad, el avión le trasladó al Kennedy para enlazar, tras dos horas de espera, con el vuelo a Madrid. Daniel pasó por los pasillos de tiendas *duty free* y le compró a Berta un pañuelo Hermès en rosas y grises. Al pagarlo sintió una extraña punzada de culpa, un breve y agudo dolor casi físico. El pañuelo era un símbolo de su adiós a Teresa. Y en cuanto a Berta era un tributo inevitable y a la vez un desagravio no explícito por los meses pasados lejos de ella.

Una vez instalado en su asiento, cuando el vuelo se inició y Daniel trató de acomodar su cuerpo a las horas de vuelo trasatlántico, la certidumbre del regreso iluminó violentamente el panorama de su vida madrileña. Era como iniciar un regreso al tiempo, a través del espacio. Poco a poco, las sensaciones que había dejado atrás afloraron en su recuerdo. Y también las preocupaciones, las situaciones que quedaron detenidas; los problemas. Atravesaba el cielo camino de su vida anterior. Recuperaba la memoria. Teresa iba quedando atrás. No era olvido. Era una distancia geográfica real. Y una percepción temporal unida a la espacial. Lejos de Teresa, kilómetros, horas, millas, días. Lejos...

El sueño le venció. La fuerza evocadora del regreso le transportó a imágenes remotas. La casa de los abuelos en Asturias. La playa. Un naufragio presenciado en la infancia. El barco pesquero encallado a dos kilómetros del pueblo, en los acantilados de los perceberos. Luego la casa era la de la playa con Teresa y él y el temporal que les arrastraba. El dolor de la separación en forma de un agitado desgarro que les apartaba a uno del otro con violencia. Los brazos desgajados de los brazos. Las piernas destrozadas. Separados, cortados en dos. El movimiento de la casa, las paredes de madera temblando. La tempestad estaba encima, les zarandeaba sin piedad.

La voz de la azafata se introdujo en su sueño. «Turbulencias», dijo. Y Daniel se despertó consciente de su situación real. Suspendido en el Atlántico, a mitad de camino entre América y Europa.

«Mañana a estas horas estarás sobre el mar», había dicho Teresa en la alta madrugada de su última noche. La fiesta de los Bernard se había prolongado más de lo previsto. El alcohol luchaba con la melancolía de algunos, exaltaba la alegría prenavideña de otros, nublaba de tristeza los ojos de Teresa. La llamaría desde el aeropuerto, nada más aterrizar. Una vez recuperado el equipaje se acercaría al primer teléfono público y, antes de salir del recinto del aeropuerto, diría adiós a América.

Daniel se había ido y ella se había sentido incapaz de acompañarle a Nueva York. Con gran esfuerzo, había recurrido a la única fórmula que le servía de bálsamo: el trabajo. Las horas pasaban sin sentir. La concentración era tan intensa que Teresa flotaba en una sucesión de ideas encadenadas, ajena a la realidad inmediata. Olvidaba quién era, olvidaba la existencia de Daniel. Daniel estaba dentro de ella, incorporado a su ser, pero su recuerdo no emergía para ocupar un primer plano. Conducida por el hilo del pensamiento, el placer del hallazgo era insuperable. Su mente activa se despojaba de todo lo que pudiera interferir en el camino de sus intuiciones, deducciones, conclusiones. Una cita inesperada iluminó su discurrir, el espejo de Lacan: «Percepción simultánea de que somos otros sin dejar de ser lo que somos...» Teresa se detuvo. «¿Por qué he recordado esta cita? El espejo nos dice cómo nos ven los otros, cómo nos identifican. Y esta imagen del espejo la sentimos como una percepción insuficiente. Mi yo verdadero, "el que va siempre conmigo", con el que converso, no tiene rostro. Al encontrarme ante el espejo, converso con un ser ajeno a mí, desconocido. Desaparece el monólogo interior. Me dirijo a un testigo real que me mira, sonríe o llora desde el pozo insondable del espejo.»

Se levantó de la silla y se acercó al espejo que su madre había colocado un día, cuando la casa estuvo terminada, sobre la chimenea de su cuarto. Se contempló un instante. «¿Es ésta la Teresa que ven los otros? La Teresa ojerosa, los ojos brillantes, las mejillas hundidas. ¿Es ésta la Teresa que vio Daniel por última vez?»

A los pocos días de su llegada Daniel se vio agobiado de planes, compras, preparativos. Se acercaba la Navidad. «Elisa dice que lo mejor es reunirnos en su casa que es la más grande», le informó Berta. «Ya sabes, a mi madre le hace ilusión que cenemos todos juntos. Siempre está con la misma historia: que no sabe si será la última Navidad de su vida... Ah, le he dicho a Elisa que de las bebidas nos encargamos nosotros...»

«El chantaje habitual», pensó Daniel. Pero no dijo nada. Estaba dispuesto a aceptar todos los programas familiares. Era el precio que debía pagar para calmar su mala conciencia, su traición a Berta y sus hijos. Desde su regreso, la culpa había aparecido. Emergía con cualquier motivo. Daniel se analizaba y quería luchar racionalmente contra ella. Pero reconocía en el fondo que se trataba de un reflejo sentimental arrastrado desde la infancia. No era un asunto ético, no era un juicio frío y ponderado sobre su conducta. Era el resultado de una educación familiar. Su madre, repitiendo en el recuerdo sentencias condenatorias contra personas que se desviaban ocasionalmente del camino recto. Las hermanas, herederas del mismo código moral. Mujeres buenas y mujeres malas. Buenos maridos y maridos adúlteros. Las leyes implacables de la tribu. Y él, Daniel, que había abandonado en la adolescencia las vagas creencias religiosas y sus hipócritas consecuencias, se daba cuenta, era consciente de que, más allá de su postura racional, de sus claros principios intelectuales, la libertad, la sinceridad, la lealtad, la justicia, la solidaridad, principios en los que creía firmemente, aparecían los fantasmas perturbadores de su infancia, de su primera juventud, del ambiente familiar. Uno de esos fantasmas tenía que ver con la fidelidad conyugal, con la indisoluble ligazón a la persona elegida para toda la vida.

El recuerdo de Teresa permanecía vivo. Teresa era diferente a la mayoría de las mujeres que había conocido, a todas las que había frecuentado en aventuras fáciles, vulgares, a veces grotescas. Teresa era inteligente, sensible, generosa. Teresa era atractiva. Nada que ver con las guapas oficiales, con las falsas libres, con las promiscuas superficiales y frívolas. Teresa era libre de verdad, dueña de sus actos, de sus decisiones, sin tabúes mezquinos. Teresa le comprendía y le ayudaba, le estimulaba, compartía con él no sólo el amor sino los grandes proyectos. Teresa, la fuerte. También Berta era fuerte. Tenía la fortaleza monolítica de los dogmáticos, de los que adoptaban un esquema de vida bendecido por los que están desde hace siglos en posesión de la verdad absoluta, la suya, la única posible. Celebraría la Navidad según las normas. Las normas de Berta que él había elegido en cierto modo. Las normas que él había respirado en el hogar de sus padres. ¿Por qué Teresa había aparecido en su camino cuando ya su vida estaba anclada en un punto de no retorno?

Christmas time... Teresa había decidido cenar con los Gilabert. Una Nochebuena con cava y turrón, villancicos catalanes grabados hace años. Llamadas telefónicas. Intercambio de regalos. En un principio había pensado trasladarse a Santa Fe para el Año Nuevo pero no se sentía con fuerzas. Su padre y Beatrice lo entenderían. Quería trabajar a fondo, dar un buen empujón al libro. Luego vendrían las correcciones, los reajustes, las comprobaciones de datos, la bibliografía. Era el único antídoto que ella conocía contra la ausencia de Daniel. Era también lo único absolutamente suyo, que no necesitaba de nadie más.

Sin embargo, el Año Nuevo sí era significativo para ella. Inevitable hacer recuentos, inevitable proyectar. El pasado se venía encima a pesar de todos los razonamientos, de todos los argumentos a favor del presente. Y el futuro estaba ahí, esperándonos. Amenazante. Desde su partida Daniel había llamado todos los días. Rara vez era ella la que se adelantaba. Esa constancia, esa exactitud en el cumplimiento del acuerdo, complacía a Teresa, pero también la inquietaba vagamente. Era demasiado perfecto, tenía algo de rígido, inflexible, algo de obligación impuesta por uno mismo y cumplida a rajatabla. ¿Por qué nunca la necesidad de adelantar la llamada, de repetirla al cabo de media hora o unas horas más tarde? ¿Por qué no obviarla un día por mil razones todas aceptables? Esta asiduidad programada, autoimpuesta formaba parte de una faceta del carácter de Daniel que disgustaba a Teresa. El cumplimiento grato o no, deseado o no, de sus obligaciones. ¿Entraba ella en el mismo estatuto moral que regía sus relaciones familiares? ¿Había algo espontáneo en esas llamadas? Teresa se imaginaba a Daniel consultando el reloj y abandonando cualquier cosa que en ese momento le solicitara, para marcar su número telefónico, para llamar a América. Llegado este punto de reflexión Teresa desviaba su atención hacia otro asunto. No es bueno darle vueltas a las sensaciones, las intuiciones indemostrables. *Christmas time*... Fiestas ineludibles. Amigos queridos. La alegría de los niños, de los hijos de los otros. Navidad.

El timbre del teléfono la sobresaltó. ¿Daniel? Imposible, la llamada era de Philip.

—*¿Qué haces? ¿Cómo estás?*

—*Bien*

—*Estupendo. Pero deja el trabajo y vente a casa. Tengo visita. Jeffrey y Virginia, los canadienses. ¿Recuerdas? Vienen de México y se han detenido a verme...*

El equilibrio estaba roto. Imposible recuperar el control del trabajo. Daniel volvía a estar presente. La evidencia de su partida se adueñó de su imaginación. En cualquier caso, mejor aceptar la invitación de Philip.

Daniel ordenó sus papeles y los introdujo en la cartera. El día había sido largo. El tiempo iba pasando trabajosamente entre el esfuerzo de readaptarse a su vida anterior y ramalazos de nostalgia del pasado inmediato. El recuerdo de Teresa estaba siempre presente.

—¿Vienes o te quedas? —preguntó desde la puerta Federico, el último, el recién llegado al claustro de profesores. Tenían una reunión con el Decano. Daniel dudó un instante.

—Voy, claro que voy —dijo.

Podía ser importante. Se trataba de discutir algunos cambios en el Departamento. Podía interesar. Era un buen momento para él. Después de su experiencia universitaria americana le convenía hacerse oír, que le escucharan y le valoraran. Recogió su cartera y cerró la puerta de su despacho.

—¿Has visto cómo andan las cosas? —preguntó Federico.

—¿Qué cosas? —dijo Daniel.

—Todas... Hombre, yo no entiendo a éstos... Llevamos diez años de democracia y ¿qué hacen? En la enseñanza, quiero decir...

«Estoy de vuelta, es indudable», pensó Daniel. «Ya estoy aquí otra vez, metido hasta los huesos en estas críticas mezquinas, en estos descontentos... Estoy en casa.»

Una desazón inoportuna empañó su primer deseo de asistir a la reunión, de participar en los nuevos proyectos. El recuerdo de Teresa cruzó por un instante su imaginación. Teresa trabajando en su libro. Teresa reclamándole todos los días, desde que llegó: reflexiona, compara, piensa.

En el bar de la Facultad se encontraron con otros compañeros y el recuerdo de Teresa se desvaneció.

—Hombre, Daniel, ¿cómo te va después de USA? —preguntó Elías el alegre, el jocoso, el divertido—. Tenemos que cenar un día por ahí o tomar unas copas para que nos cuentes tus aventuras amorosas. Porque serán más de una. No creo que un don Juan como tú haya venido de vacío...

Una leve incomodidad, una ira incipiente amenazó con diluir su indiferencia, la calma que desde su regreso había adoptado en un ejercicio sistemático de autocontrol. Sonrió.

—Cuando quieras... Pero creo que nos esperan —dijo.

Y con un gesto de despedida se dirigió a la puerta adelantándose a todos. Faltaban unos minutos para la hora de la cita.

El viento sacudía las ramas de los árboles, golpeaba las ventanas, arremolinaba papeles sucios arrancados de un cubo de basura mal cerrado. Crujidos de maderas en lo alto de la casa. Silencio. Desolación. Una secuencia de sensaciones negativas alteraba la paz de Teresa. La casa se estaba quedando fría. Teresa añadió un tronco a la chimenea. Nunca antes había sentido el peso de la soledad en esta casa vacía, azotada por la violencia de un enero gélido. Alcanzó la copa que se había servido un rato antes y contempló las llamas que brotaban del tronco. Acercó el cristal a los labios y bebió un largo trago. Cerró momentáneamente los ojos y decidió irse a dormir. Pero una devastadora convicción le asaltó de pronto. Todo, en su vida actual, era un artificio, un engaño. La huida al hogar de los padres, a la adolescencia perdida, a un tiempo lejano en el que permanecían anclados algunos amigos. La búsqueda de un lugar tranquilo para trabajar, la gran disculpa para huir de sí misma, ya no tenía sentido. La paz inventada, el equilibrio edificado sobre bases inestables... La irrupción de

Daniel en su refugio universitario había iluminado los últimos meses. Pero Daniel se había ido y todo a su alrededor recuperaba su dimensión real. Ella, Teresa, estaba sola, recluida en su celda de trabajo que miraba a un jardín monacal, prisionero entre los muros interiores de la vieja construcción. Podía escribir en cualquier otro sitio donde tuviera un rincón silencioso, una mesa, horas libres. Por un momento tuvo la tentación de regresar a Nueva York. Imaginó el apartamento sobre el río, cálido, acogedor. El rumor de los coches en River Side Drive, las luces permanentes de una ciudad despierta las veinticuatro horas del día. En el apartamento neoyorquino, piso doce, dobles ventanas, silencio, estaba la mesa del estudio de su padre, una mesa amplia, junto a la ventana que dominaba el río. En Nueva York tenía horas libres, las que ella decidiera. Podía escribir, dedicar algún tiempo a pasar por el despacho de la revista, recuperar el contacto directo con las colaboraciones, la correspondencia, etcétera. En Nueva York podía escapar de vez en cuando a pasear sola por sus lugares favoritos o encontrarse con sus amigos en una exposición, un estreno, una fiesta. Desde Nueva York estaría más cerca de Europa, de una posible escapada de fin de semana con Daniel...

El tronco agonizaba ya en la chimenea. Teresa dudó un momento pero finalmente decidió levantarse, apagar las luces, subir al dormitorio donde la esperaba el libro de la lectura nocturna. El que le devolvía la serenidad, el reposo, el interés apasionado. Ese diálogo silencioso entre el autor del libro que intentaba transmitirle un mensaje único y la respuesta de su mente despierta, ágil, que recibía ese mensaje y lo interpretaba y lo aceptaba o lo discutía en silencio.

Habían decidido organizar sus llamadas telefónicas de un modo sistemático y cómodo. La hora de llamada sería: una de la tarde americana, ocho de la tarde española. Llamarían siempre a esa hora pero no necesariamente todos los días. Con libertad, sin una obligación esclavizante.

Daniel había llegado a su apartamento, como todas las tardes, cargado de cartas y carpetas. Desde el día de su regreso había decidido reservarse diariamente unas horas de independencia para trabajar, leer, descansar. Al abrir la puerta, el timbrazo insistente del teléfono le sobresaltó: «Teresa», pensó. Descolgó rápido. «*Sí*», dijo, y una voz femenina le reprochó:

—*¿Dónde estabas? ¿No dices que al terminar las clases te vas ahí?*

Daniel suspiró. Berta, Berta, Berta...

—*Acabo de entrar. He tenido una reunión con los compañeros. Sí, he comido donde siempre, en la cafetería de la Facultad... Un sándwich... ¿Qué quieres?*

La voz de Berta, un poco estridente, desgranaba informaciones varias.

—Ha llamado Eduardo. Dice que están deseando verte. Que si te viene bien el viernes... A cenar por ahí... Es natural, ¿no? Quieren que les cuentes. Oye, ¿qué quieres que les diga?... Hace un mes que estás aquí, ¿no?

Cuando colgó miró el reloj. Las siete y media. Seguramente Teresa estaría trabajando. Pero no era necesario esperar hasta las ocho. Durante todo el día se había sentido deprimido, desajustado. Teresa. Tenía que hablar con ella, oír su voz.

—¿Teresa?...

El trabajo avanzaba. Era un trabajo lleno de interrogantes. Preguntas a las que ella quería encontrar respuestas propias aunque en los libros consultados vinieran apuntadas explicaciones muy variadas. ¿Por qué en algunos casos la relación entre iguales superiores funcionaba y en otros no? ¿Por qué?... Era un enigma. Las respuestas que Teresa creía encontrar o aquellas que biógrafos o ensayistas señalaban podían servir en un caso. En otro no. No había leyes fijas para interpretar las conductas, para explicar las reacciones personales en los *tête à tête* a veces dramáticos que se planteaban las parejas protagonistas de su estudio. Recordó la última conversación con Daniel, la ausencia de comentarios interesantes sobre el regreso, la adaptación al curso, a su familia, a Madrid.

Las impresiones solían ser negativas y tenían casi siempre un tono lamentoso: «No puedo decirte si hasta ahora he hecho algo que merezca la pena. Esta ciudad parece ir en contra de cualquier trabajo intelectual». Ella le había pedido: «¿Por qué no me escribes?». Porque sabía que era más fácil confesar por escrito un estado de ánimo, buscar las palabras que mejor lo expresen. Pero él había rechazado la idea con irritación. «Escribir exige tiempo libre y calma. No tengo ninguna de las dos cosas. Desde ahí no sabes lo que es vivir en el vértigo de Madrid. Una tormenta que te arrastra de un sitio a otro en medio de un tráfico enloquecido. Mira, es verdad que la vida cultural se ha enriquecido mucho. Por todas partes hay exposiciones, debates, charlas, encuentros. Pero también es verdad que este final de los ochenta es confuso, desconcertante a veces. Hay una euforia en el ambiente. Todo es lúdico y la cultura también...» Teresa apartó el recuerdo de Daniel y regresó a su trabajo. Le había encontrado apagado, un poco hosco, quejoso. Sólo al final había deslizado una frase melancólica. «Me siento como expulsado del paraíso.»

En cuatro meses de ausencia los hijos habían cambiado. No tanto físicamente como en su actitud hacia él. Javier hablaba poco. Se encerraba en su cuarto a oír música tumbado en la cama o a estudiar ante la mesa llena de libros, con la música de fondo. Daniel había tratado de charlar con él de un modo ligero y casual, sobre su experiencia americana, los chicos, la Universidad, los planes de estudio, esperando que a un estudiante de finales de bachillerato le interesaría hablar de todo eso. Pero él le miraba serio y lejano y rara vez preguntaba o mostraba curiosidad. Hermético, regresaba a sus cosas cuando el padre se retiraba del intento de contacto, del esfuerzo iniciado para acercarse a él.

En cuanto a Marta, la hija, le observaba con atención, le dirigía sonrisas frecuentes, pero tampoco le preguntaba por su estancia en América. Y cuando Daniel le pedía una información concreta sobre sus estudios y sus amigos, daba respuestas vagas e imprecisas. Pasaba mucho tiempo encerrada en su cuarto y al salón llegaban sus risas y el rumor de sus interminables charlas telefónicas.

A la hora de la cena era cuando se reunían todos, cuando coincidían ante la mesa, en un espacio al fondo de la cocina, al que se accedía por una puerta corredera de cristales opacos. Entonces la que hablaba era Berta. Monólogos esmaltados de reproches a los chicos, de informaciones intrascendentes sobre pequeños sucesos acumulados durante su ausencia. Anécdotas irrelevantes que ella reproducía y comentaba en tono exaltado. Críticas a actuaciones incorrectas de amigos y parientes, descripción de errores inexplicables cometidos por otros. Un noticiario agotador que todos aceptaban sin replicar. Daniel se preguntaba si todo había sido así antes, si él había olvidado la atmósfera asfixiante de la vida familiar que Berta propiciaba o si, en su ausencia, todo había ido degenerando hasta llegar a esta cena, a este final de un día que había transcurrido para cada uno de sus miembros en lugares y circunstancias distintas. Javier y Marta en sus colegios todo el día de lunes a viernes. Berta en casa, ocupada con la compra, la organización de la limpieza con la asistenta, las charlas telefónicas con amigas que tenían una distribución del tiempo parecida a la suya. Y él, Daniel, como antes, como siempre: Facultad, almuerzo rápido en la cafetería, seminarios y a las cinco de la tarde, huida hacia su apartamento, con sus carpetas, sus correcciones, sus guiones de clase, sus conferencias...

Al cerrar la puerta de su refugio, Daniel suspiraba. Sentía que la tensión acumulada durante el día en los músculos de los brazos, en el cuello, en las piernas se deshacía. Se tumbaba en la cama y durante unos minutos se sumergía en el placer del descanso. A veces, se adormecía y su consciencia naufragaba entre el presente y el pasado cercano, entre el regreso a Berta y sus hijos y la despedida de Teresa. No quería pensar, no quería analizar sus decisiones y menos aún sus indecisiones. Necesitaba creer que sólo había un camino, éste, con todas sus contradicciones, su frialdad, su aburrimiento. Llegado a este punto se levantaba de golpe y se decidía a trabajar.

La carta de Beatrice había dejado a Teresa anonadada. Escribía porque no quería hablar por teléfono, con su padre cerca, pero quería advertirle, necesitaba comunicarle que su padre no estaba bien. Quizás ella, Teresa, se había dado cuenta en las últimas conversaciones telefónicas. Se cansaba, se sumía en frecuentes somnolencias, se aislaba de lo que le rodeaba. Por supuesto ya habían acudido al médico. Le estaban haciendo todo tipo de exámenes y pruebas. Pero, decía Beatrice, ella estaría más tranquila si, con cualquier pretexto, Teresa se acercaba a Santa Fe.

Un sentimiento de culpa despertó de inmediato en la conciencia de Teresa. Desde que Daniel había entrado en su vida, por primera vez, había descuidado a su padre. Había olvidado a veces llamarle en una de sus fechas clave. Fechas que les unían y tenían para ellos dos un significado especial... «La liturgia de las fechas», decía Teresa. Un complicado entramado de recuerdos clasificados por días, por años, que no se podían olvidar. Y ella había cometido el error del olvido. A veces llamaba al día siguiente de la fecha obligada. A veces, una semana después. Fechas de nacimiento de la madre, del padre, de ella misma. Fecha de su llegada a América, de la muerte de Franco. No hacía falta hablar de ello. Era suficiente con llamar, dar señales de vida, de fidelidad mutua a los días significativos que marcaban su paso por la Tierra.

El airado reproche que se hizo en un primer momento dio paso en seguida a un dolor infinito. Su padre estaba enfermo, quizás al borde de algo grave. Se lanzó al teléfono y al oír la voz de Beatrice la indignación contra sí misma encontró una salida. Beatrice era también culpable. Tenía que haberla avisado antes, al primer síntoma, a la primera sospecha de que algo no iba bien. La serenidad de Beatrice, la comprensión y la amistad que le había mostrado siempre calmaron a Teresa. *«Tranquilízate. Estamos haciendo lo único que se puede hacer. Ponerle en manos de la medicina. No hay nada crítico. Es el comienzo de algo que tenemos que conocer y tratar de detener. No sabemos si es grave o no. Tranquilízate...»*

Pero ella no seguía sus razonamientos. No podía esperar. No se había detenido a pensar la hora que sería en la casa de su padre. *«Llamo ahora mismo a mi agencia para que me preparen los billetes de avión. Te llamaré en cuanto los tenga. Dile que voy para comentar contigo el libro que está ya muy avanzado. De todos modos, hablaré con él antes de irme, a la hora que tú me digas...»*

Inclinada sobre la mesa de trabajo, Teresa rompió a llorar. La serena aceptación de Beatrice la había alarmado aún más. Beatrice estaba haciendo el papel de mujer fuerte, estaba asumiendo la obligación y la devoción de ayudarles a los dos, a Teresa y a su padre, a aceptar el comienzo de un episodio que podía convertirse en irreversible.

Con energía, Teresa reprimió su llanto, comenzó a organizar su viaje, primero los vuelos, luego las llamadas a las personas más cercanas en el campus para avisar de su desaparición. También, cuanto antes, llamar a Daniel. Un arrebato de ira se mezcló con la necesidad de oír su voz. De alguna forma, él, Daniel, era responsable de su descuido, de su confianza en la presencia permanente de Beatrice al lado de su padre. De algún modo, la absorbente pasión por Daniel había oscurecido la constante preocupación por el padre que siempre había presidido su vida. Marcó el número de Madrid y no contestó nadie. Miró el reloj y se dio cuenta de su error. Eran las cinco de la tarde. Las once de la noche en España.

Hacía cuatro días que no lograba conectar con Teresa. Había intentado cambiar la hora de llamada. Llegaba al apartamento antes de lo habitual y lo abandonaba más tarde que nunca. Ensayaba momentos absurdos, horas de madrugada o amanecer en América. Pero nadie contestaba. Un temor creciente le angustiaba. No se decidía a llamar a Philip o a los Bernard para que le informaran. ¿Y si Teresa había emprendido un viaje a cualquier parte con amigos o quizá con Robert, su ex marido, con quien tenía tan buena relación? La ignorancia le protegía de las malas noticias. En cualquier caso, trataba de convencerse de que alguien le hubiera llamado si algo grave le ocurría a Teresa.

El quinto día, cuando estaba a punto de marcar el número de uno de los amigos sonó el timbre del teléfono. «*¡Teresa!*», casi gritó Daniel. Y la voz de Teresa, opaca y lejana, le sobresaltó. «*Mi padre ha muerto*», dijo. Y guardó silencio unos segundos, buscando aliento para continuar.

—*Llegué tarde, llegué tarde. Estoy destrozada. Nadie esperaba este desenlace. Beatrice tampoco. Los síntomas eran una señal de alerta pero no auguraban extrema gravedad. El infarto cerebral fue devastador. Todo terminó en unas horas. Aunque hubiera sobrevivido no habría recuperado la conciencia ni el movimiento... Me quedaré aquí unos días con Beatrice. Luego, no sé lo que haré...*

Daniel no encontraba palabras de consuelo. Todo lo que pasaba por su mente eran tópicos. «*Mejor así*» «*Fue una vida cumplida*»... Lugares comunes, estúpidas mentiras. Él tenía que haber dicho: «Voy en seguida. Lo dejo todo... Espérame...». Pero era imposible. ¿Con qué pretexto, qué explicaciones podía dar en la Universidad, qué confesión a Berta? Él tenía obligaciones ineludibles. ¿Era Teresa una de ellas? Como siempre que se planteaba una situación personal buscaba una solución neutra, equilibrada, cobarde. Rehuía el compromiso que se deri-

162

va de los lazos humanos profundos y sinceros. Y se daba cuenta. Pero una parálisis total le inmovilizaba. El resultado era una autocompasión que ejercía de bálsamo. «Estoy aquí, desesperado, esclavizado por una mujer y unos hijos que dependen de mí y a quienes no tengo derecho a torturar. Y mi trabajo, que es sagrado, que me exige dedicación continuada. Que es la base de mi economía familiar...»

Teresa era fuerte. Teresa era independiente, tenía un trabajo que no la obligaba desde fuera. Era una privilegiada... Pero lo cierto es que estaba sola. La muerte de su padre cortaba el último vínculo con su pasado. La orfandad de Teresa era definitiva.

Entre la culpa y el desasosiego, Daniel proponía una fórmula que resolvía sus ambigüedades.

—*Teresa, por favor, serénate... ¿Por qué no haces un viaje a Europa en cuanto pase todo? ¿Por qué no vienes a España y podemos escaparnos un fin de semana juntos a algún lugar?*

Teresa había sido tajante en su respuesta. Recuperada de su congoja inicial su voz sonó enérgica.

—*No puedo ir. No quiero ir. Tampoco quedarme en aquel falso refugio, cerca de los viejos amigos de mi padre. Quiero volver a Nueva York.*

Cuando entró en su casa, Berta le asaltó enloquecida, le agarró por los brazos, le sacudió frenética. Tenía los ojos hinchados y rojos, marcados por el llanto. ¿Una imprudencia de Teresa? ¿Una información inesperada de alguien? La duda se desvaneció en unos segundos.

—Javier —exclamó Berta. Y Daniel temió lo peor.

—¿Qué le ha pasado a Javier?

Ella debió de advertir el temor en su mirada porque se apresuró a aclarar.

—Nada, nada terrible. Pero sí es importante, es grave... —y rompió a llorar desesperadamente. Cuando se calmó y pudo hablar explicó a Daniel la causa de su angustia—. Ha llamado Gerardo, el padre de su amigo Lolo, ya sabes quién te digo. Quiere hablar contigo. Parece que ha encontrado al chico unos porros... Y dice que es cosa de Javier, que él nunca había probado nada por su cuenta... Que Javier anda metido en eso desde hace meses...

Daniel respiró profundamente. Se acercó a Berta y trató de calmarla. La atrajo hacia sí con un cariño protector y lejano, perdido en el tiempo.

—Eso no es para tanto —dijo—. Tiene diecisiete años. Los chicos, los adolescentes quieren probarlo todo... Déjalo de mi cuenta. Ya hablaré yo con él, ya indagaré cómo se ha embarcado en esta historia... Ah, y eso de que Lolo ha sido iniciado por Javier ponlo en duda. El idiota de Gerardo es de los que se creen perfectos, él y sus hijos...

La presencia de Daniel, la firmeza de Daniel tranquilizaron a Berta. Él quiso bromear.

—Nos prepararemos para el primer asalto: padre firme versus hijo rebelde...

Cuando Javier entró en casa su padre se encerró con él en el salón.

—Has dado un gran disgusto a tu madre, Javier. Pero yo no quiero dramatizar. Cuando yo tenía tu edad fumaba a escondidas, el tabaco era nuestra transgresión. Ahora ensayáis otras. Pero algo ha cambiado. Los padres ya no somos represivos y autoritarios. Al contrario. Muchos de mis amigos, gente de mi edad, fumaban porros en la Facultad y nadie le daba importancia. Yo lo intenté y me aburría, no me interesó, el tiempo que duró la rebeldía, la demostración de que podíamos hacer algo que era diferente y prohibido...

Javier le miró por primera vez a los ojos. Había permanecido silencioso y cabizbajo. Una mezcla de sorpresa e incredulidad que Daniel adivinó en su mirada le animó a seguir adelante.

—Todo ha cambiado, Javier, el país ha cambiado. Pero eso no quiere decir que yo no deba advertirte del peligro que encierran los comportamientos marginales... En primer lugar ten el valor de decir «No» si algo de lo que te proponen no te gusta. Y no busques solución a tus problemas en los paraísos artificiales...

Javier habló por primera vez.

—Yo no he querido enfrentarme a vosotros. Yo he querido probar algo nuevo. Me habían di-

cho que el porro ponía alegre, te hacía feliz, y yo
quería probar a ser feliz...

Nunca antes había tenido Daniel la oportunidad de oír a su hijo expresarse de modo tan claro y
tajante.

—¿Es que no eres feliz? —preguntó Daniel
sorprendido—. ¿Te falta algo? ¿No tienes todo lo
que quieres, todo lo que te podemos dar? Colegio,
amigos, deportes, vacaciones...

Javier se encerró en su anterior mutismo. Y
Daniel dio por terminado el encuentro, con un
cariñoso golpe en la espalda.

Los hijos, una vaga ternura, una inquietud
permanente. Una amenaza para su equilibrio
mental. Porque siempre, desde que nacieron, Daniel se sintió amenazado por ellos, por su salud,
por los peligros que podían correr. Esa amenaza,
ese constante temor que anidaba en el fondo de su
conciencia era lo que Daniel entendía por responsabilidad. Y la responsabilidad exigía poner los
medios para evitar que lo imprevisto doloroso le
llegara a él, perturbara su precaria paz. Esa carga
negativa era el sentimiento dominante de su paternidad.

Teresa había caído en un laconismo que perturbaba a Daniel. «*¿Qué vas a hacer ahora?*», le había preguntado un día cuando aún estaba en Santa
Fe. Y ella le había contestado un «*No sé*», seguido
de un largo silencio. Luego trató de ser más explí-

cita y le contó las gestiones que iba a emprender para cerrar la casa de la Universidad y ponerla a la venta.

—*También la casa de la playa... No tiene sentido* —y había añadido—: *Te escribiré desde allí, antes de irme a Nueva York...*

Los árboles de la calle están en flor. Una primavera anticipada ha cubierto de blanco las copas de estos dogwoods, *los arbustos que tú has visto en invierno, desnudos. A mi padre le fascinaba esa transformación... No puedo resignarme a su desaparición. Estaba lejos, nos veíamos poco desde que decidieron quedarse en Santa Fe, pero yo sabía que estaba allí. Ahora el mundo se ha hundido bajo mis pies. Cuando murió mi madre fue terrible. El final de una enfermedad larga y cruel. Algo de mí misma se fue con ella. Algo muy hondo, muy arraigado. Creo que el sentimiento que me inspiraba mi madre tenía que ver con una ligazón biológica, con ese hilo misterioso que transmite de mujer a mujer la continuidad de la vida. Mi padre era mi soporte sobre el mundo, el responsable del espacio que ocupo en este país. No tengo hermanos, no tengo testigos de lo que he vivido. El pasado se irá borrando lentamente. «La muerte es la consecuencia de la vida», decía mi padre. Creo que era un proverbio budista.*

Aunque se llamaban todos los días, Teresa había empezado a escribirle cartas. Necesitaba explicar sin que la interrumpieran lo que estaba pensando o sintiendo en ese momento. A veces se detenía conmovida por su desahogo emocional.

Beatrice se empeña en que yo me quede con el apartamento de mi padre en Nueva York, el que tú conoces, en River Side Drive. Ella piensa instalarse allí pero está buscando algo más pequeño y en mejor sitio. Cerca de Central Park y a ser posible que se vea el parque desde él. Tiene planes de trabajo. El trabajo es una terapia muy eficaz. Quiere ocuparse otra vez de la revista y tratar de renovarla, de revitalizarla. Ha estado mucho tiempo alejada de ella aunque sus fieles colaboradores no la han dejado morir. Quiere estudiar la posibilidad de añadir un apéndice en español para las universidades con departamentos hispanos importantes. Tenemos que hablar de eso. Creo que es una de las cosas que podían interesarte aquí si un día te decidieras a venir. Te envío lo último que se ha publicado en poesía. ¿Por qué no intentas traducir algo?

Daniel leía las cartas varias veces pero no las contestaba por escrito. No eran cartas que esperaran respuestas. Teresa las escribía obedeciendo a un deseo urgente de comunicación. Daniel aludía a ellas por teléfono con algún comentario fugaz. Y las destruía en seguida.

Recordaba que una vez, cuando era muy joven, en las vacaciones de primer curso de la Universidad, había descubierto, casualmente, un secreto de su padre. Una carta de una mujer dirigida a él. Se deslizó de un libro que él necesitaba consultar en la biblioteca. Estaba colocado en un estante alto, inalcanzable. La carta estaba escrita por una mujer aparentemente muy inculta. Expresaba en términos crudos y violentos un amor primitivo, apasionado. Desvergonzado le pareció entonces a Daniel. La devolvió a las páginas del libro precipitadamente. Pensó en su madre, ajena al «pecado» de su padre y se tranquilizó pensando que ella nunca tocaba los libros de aquella biblioteca.

Cuando el padre murió, años más tarde, ya estaba él casado, ya tenía un hijo, Daniel se encerró en el despacho y alcanzó el libro que albergaba la carta delatora. Allí seguía, olvidada, doblada, con los mismos pliegues cuidadosos que él recordaba. La destruyó minuciosamente, de modo que no pudiera reconstruirse nunca y la arrojó a la papelera con los periódicos del día anterior.

Llovía sobre Nueva York. Un cielo gris acerado se derrumbaba en cortinas de agua que el viento agitaba con violencia. La tarde se había vuelto oscura. Teresa sintió sobre sus hombros cansados el peso inmenso de un invierno prolongado que azotaba sin piedad las altas torres. La primavera se anunciaba tímidamente. Durante los últimos días había aparecido una promesa de sol que el temporal atlántico había destruido.

—*Aquí ha llegado ya la primavera* —le había anunciado a Daniel—. *Los días son espléndidos...*

169

Hablar del tiempo, retrasar el momento de tratar otros asuntos, de rozar levemente los temidos puntos de fricción. Pasadas las decisiones enérgicas que siguieron a la muerte de su padre, Teresa se sentía tranquila. Ahora ya estaba en Nueva York pero no se decidía a reanudar su trabajo en el libro y precisamente hoy, después de describir a Daniel la tristeza del día, la lluvia persistente, la oscuridad que envolvía la ciudad, le había dicho casi sin pensarlo, después de oír su información meteorológica acerca del sol que iluminaba Madrid: «*Creo que necesito el sol*», momento en que Daniel, movido quizá por una mezcla contradictoria de esperanza e inquietud, trató de mostrar entusiasmo.

—*¿Por qué no vienes aquí?*

Y Teresa había contestado.

—*A Madrid no. Pero quizás a una isla, a Menorca, por ejemplo. Los Gilabert tienen allí una casa. Durante el verano suele ir su hijo que vive en Londres pero en primavera está vacía...*

No proponía un encuentro, no intentaba convencerle. No contaba con él. Esperaba su reacción que llegó en seguida.

—*Una idea genial. Es lo que necesitas. Ya lo verás... Pero mientras tanto cuídate mucho...*

Daniel había colgado el teléfono un poco apresuradamente. Necesitaba defenderse de un posible ataque, de una propuesta arriesgada que ella podía hacerle en cualquier momento: «¿Por qué no vienes tú conmigo?».

Era consciente de que, en el fondo, Teresa le necesitaba. Sabía que él no había estado a la altura de las circunstancias que habían sobrevenido en la vida de Teresa. Recordó cuando la muerte de su padre, el dolor casi físico que le había producido esa pérdida. Él tenía ya su propio hogar, su vida propia. Pero Teresa estaba sola. Y quería volver a España, dos realidades que le afectaban, que exigían por parte de él una reacción generosa y decidida. Dentro de un mes tendría vacaciones. La Semana Santa sería un momento muy oportuno para escaparse a la isla con Teresa. Pero ¿lo quería de verdad? ¿Podía permitírselo sin graves consecuencias? La duda, la ambivalencia, la desazón. Tenía tiempo de pensarlo, de estudiarlo, de discutirlo consigo mismo.

Al cerrar la puerta del apartamento, al iniciar el regreso a casa, un desaliento momentáneo le asaltó. Nunca, nunca podría liberarse de la trampa en la que él mismo había hipotecado su vida.

Daniel había reaccionado con un exagerado entusiasmo ante la idea de que ella necesitara el sol y fuera a buscarlo precisamente a España. Seguramente, el entusiasmo iría seguido de un análisis frío de la situación. Teresa en España, Teresa en Menorca... ¿Y él? ¿Iría a verla? ¿Trataría de verla?

Una sombra permanente teñía los sentimientos de Teresa. Todo lo que afectaba a su vida se había vuelto oscuro. La irrupción inesperada de la muerte, la derrota brutal de un padre que ella se había forjado invencible, había alterado su equilibrio sentimental. El padre había dejado un vacío que ella se había empeñado en llenar con Daniel. En una reacción infantil había pretendido trasladar del uno al otro el amor, la confianza, la seguridad, la razón de existir. Pero Daniel le había fallado. No sólo porque no se hubiera precipitado a viajar a su encuentro. Teresa comprendía que era difícil abandonar el curso injustificadamente y volar enloquecido para estrecharla entre sus brazos. Ella era una mujer serena y fuerte y podía comprender la reacción prudente de Daniel. Pero había otras formas de compensar la lejanía. Asegurarle que pronto se verían, que buscaría el modo de ir a su encuentro en la primera ocasión posible. Reiterar con firmeza y ternura la seguridad de los lazos que se habían creado entre ellos, el deseo de estar juntos, la irrenunciable necesidad de proyectar el futuro. Nada de esto había ocurrido. Sólo la diaria repetición del «Cuídate mucho, tranquilízate, ven a Europa en cuanto puedas». Pero sin concretar nada, sin comprometerse a nada.

La pasividad de Daniel despertó de su apatía a Teresa. Bruscamente, tomó una decisión. Salir a la calle, enfrentarse a la lluvia torrencial, al tráfico desesperante de la tarde avanzada. Pasó revista a los posibles destinos de su escapada y eligió uno.

Robert, recién llegado de Israel, la había llamado aquella mañana y, después de un rato de charla consoladora, la había invitado insistentemente a que fuera a su casa aquella noche a tomar una copa con un grupo de amigos.

*

Cuando el avión comenzó a descender, la isla resplandecía, verde y brillante, anclada en un Mediterráneo deslumbrantemente azul.

Daniel suspiró. Teresa le esperaba, abajo. En unos minutos la tendría ante él, la estrecharía entre sus brazos. Merecía la pena todo el proceso vivido. Imaginar subterfugios, afrontar la furia de Berta, su actividad de permanente oposición a cualquier iniciativa que no fuera suya.

—No entiendo por qué no vienes con nosotros a Marbella que es tan mediterránea como Menorca y no nos cuesta un duro...

La casa de la hermana triunfadora. La casa de la hermana bien casada.

—Si no me hubiera surgido lo de Menorca, me hubiera quedado en Madrid —aseguró Daniel.

La búsqueda cuidadosa de un pretexto aceptable había cristalizado en la existencia inventada de un profesor catalán con el que tenía que trabajar en el libro sobre Juan Ramón Jiménez que había comenzado a preparar en los Estados Unidos. El rechazo de Berta hacia cualquiera de sus proyectos intelectuales solía concretarse en una reflexión, estaba seguro, que ella se formulaba: «¿Será posible que por esos libros paguen?».

El hecho es que el viaje tocaba a su fin. Las escalerillas, el breve recorrido hacia la terminal. El equipaje. La salida. Y en un segundo plano, detrás de los atareados representantes de agencias y *tour operators*, Teresa, sonriente y tranquila, ligeramente morena ya, vestida de blanco, pantalones, jersey, mocasines. Teresa instalada en el verano anticipado del Mediterráneo, bajo el sol que tanto había deseado.

Al verla, desaparecieron las nieblas de la duda, las nubes de la desconfianza, la pereza de sentir. Sólo permanecía la experiencia de los días de amor vividos en América.

La casa se asentaba sobre un acantilado. A la entrada principal se accedía a través de un pequeño jardín de palmeras, césped y flores. La fachada posterior daba al mar. El porche se extendía todo a lo largo de la fachada. Velas blancas cubrían el armazón del techo formado por un entrecruzado de tablas que descansaban sobre gruesas columnas de madera. Sujetas a ellas, cortinas de lona blanca se convertían en paredes de tela cuando la humedad de la noche o el viento de la isla reclamaban protección. Un breve jardín mediterráneo, de romero, tomillo, yerbabuena, descendía suavemente hasta el borde mismo del acantilado. La sensación de estar en la cubierta de un barco aumentaba la belleza del lugar y del momento. La cala, abajo, era un refugio seguro de pequeños veleros y barcos de pescadores del pueblo, cuyas casas se distinguían en la falda de una montaña cubierta de bosques. Era una cala amplia, de fondos turquesa y azul marino, con una estrecha salida al mar abierto.

Desde el porche, Teresa y Daniel, derrumbados en las butacas de mimbre, contemplaban los barcos que irrumpían milagrosamente, que emergían detrás de la alta pared del acantilado que se elevaba frente a ellos, áspero y rematado por un terreno llano cubierto de árboles. Teresa sacó vasos y hielo y bebieron sus gin-tonics en silencio en un brindis no expresado por la felicidad del encuentro.

Los días se sucedían sin sentir. Por la mañana se bañaban en la cala. Nadaban hasta salir al mar abierto y regresaban en un duelo de brazadas ágiles. Teresa se sentía segura en el agua, libre y ligera, sin peso y sin límites. El agua era el origen de la vida, se decía. Y el sol. Un paganismo biológico le brotaba desde la piel y penetraba hasta el corazón y los pulmones y el goce de los cinco sentidos. Teresa se reconocía entonces parte de la tierra.

Cuando atardecía, daban paseos por los caminos del interior de la isla. Bosques de hectáreas de tierra, predios detenidos en el tiempo. Y en lo alto un palacete rosado, blanco o almagre. Silencioso, aparentemente dormido, temporalmente deshabitado. Caminaban uno al lado del otro. El brazo de Daniel rodeaba los hombros de Teresa, acercándola a su cuerpo. El brazo de Teresa se extendía para abrazar la cintura de Daniel. La conciencia de su proximidad les sumergía en un estado de gozosa plenitud. Teresa era consciente de la magia de los escenarios. La casa de la playa atlántica en América. Los días de Nueva York. La isla mediterránea. Daniel percibía esa felicidad fragmentada. La felicidad de sentirse, por un tiempo, alejado del mundo real. Días ausentes de compromisos. Días de promesas cumplidas. Breves estancias en el paraíso.

—¿En qué piensas? —preguntó Teresa.

Daniel, silencioso, se abstraía, miraba a un punto fijo, el rojo del crepúsculo, la despedida encendida del sol.

—Pienso en el paraíso —dijo Daniel—. En este paraíso...

—Hay otros —contestó Teresa.

—¿Cuáles? —preguntó Daniel.

—No los que prometían las comedias americanas de los años cuarenta, esas comedias basadas en un solo conflicto, que una vez resuelto abría las puertas al *happy end*. La lucha por el paraíso consciente no regalado, no caído del cielo empieza en el plano siguiente, nunca filmado. La aceptación mutua, la renuncia de cada uno en favor del otro, la generosidad total. Dar, dar, dar porque creemos que merece la pena. La convivencia difícil cuando decidimos compartir nuestra existencia con otra persona. La búsqueda de metas comunes. Un sentido de la vida afín. Así se puede alcanzar la serenidad, la única forma de felicidad. El equilibrio, la seguridad en uno mismo, en lo que creemos, en aquello por lo que luchamos...

Daniel se echó a reír.

—Supongo que todo esto son fragmentos de tu trabajo sobre las parejas, ¿no? ¿Y no crees que además de todo eso, lo fundamental en una pareja es el sexo?

Teresa no contestó. Se daba cuenta de que sus reflexiones en voz alta se habían convertido en un sermón trascendente. Se echó a reír.

—El sexo está siempre presente... La mirada es sexo. La palabra buscada y encontrada, el palpitar del corazón del otro. El sexo está en cada centímetro de la piel propia, de la piel del otro. En la vida de la pareja todo está impregnado, traspasado, dirigido por el sexo. Yo creo que tú hablas del sexo como ejercicio primario y directo. Hablamos de cosas distintas... Cuando hace un momento entrabas del jardín y me decías entre sorprendido y alegre: «Llueve...», tus ojos brillaban y las gotas de agua temblaban en tu pelo, en tus mejillas, en tu barbilla. Yo te sentía como un ser luminoso, lleno de vida, que venía de un lugar fresco, un bosque, un río. Venías hacia mí y me decías: «Llueve». Y yo sentía que todo tú eras sexo...

—Para mí —dijo Daniel—, el sexo como todo lo importante tiene que ver con la cabeza. Su origen, su centro, su desarrollo están en la cabeza... Lo que yo veo en ti, en tu cuerpo y en tu lenguaje, en lo que dices y ocultas, es sexo y también está en la cabeza.

Las vacaciones tocaban a su fin. Después de una noche de amor arrebatado hablaron del divorcio. Hacía calor. La luna rielaba en la mar plana e inmóvil. Daniel había salido a la terraza y Teresa le siguió.

—No tengo sueño, no puedo dormir —dijo. Y fue a sentarse a su lado en el escalón que separaba la terraza del jardín.

Durante unos instantes se mantuvieron silenciosos los dos. Luego, Daniel empezó a hablar.

—Los días se agotan y pronto nos separaremos...

—Porque tú quieres...

—Sabes que no es verdad, no insistas. Quiero pero no puedo hacer de mi vida un cuento de hadas...

—¿De verdad, tú nunca has pensado en el di-

178

vorcio? ¿Tú crees en el matrimonio para toda la vida? No eres religioso. ¿Cómo puedes leer tanto, tener la mente tan clara y luego ser tan retrógrado en tu conducta? ¿Dónde está tu filosofía de la existencia? Vives en la confusión y la ambigüedad. ¿Por qué mientes, por qué ocultas nuestra relación?

Nunca antes había planteado tan crudamente la realidad de los hechos. Daniel no contestaba. Apoyó la cabeza entre sus manos y respiró hondo.

—Teresa, tú no tienes hijos. Tú te has separado de tu marido y se acabó...

—No necesito tener hijos para saber que con los hijos hay un compromiso permanente. Con la madre, si ella no es independiente económicamente, también. Pero cuando los hijos son mayores ¿crees que necesitan tener a los padres juntos y desgraciados, juntos y aburridos?... Cuando mi padre se volvió a casar yo tenía dieciséis años. Y no me fui a vivir con él... Le quería mucho. Nos entendíamos, nos necesitábamos. Pero juntos no hubiéramos desarrollado libremente nuestras vidas. Hubiéramos creído que nos bastábamos y nos sobrábamos uno al otro. No hubiéramos sentido la herida de la soledad. Y esa herida hay que sentirla para madurar...

Daniel no contestó. Se levantó y dijo:

—No me entiendes. Sé que es difícil entender las circunstancias de los demás... Pero no sigas atacándome, por favor, vámonos a dormir...

La despedida había sido breve y tranquila. Sin discusiones ni promesas. Él había preferido ir solo al aeropuerto y ella había asentido.

—Tengo que dejar esta casa ordenada, entregar las llaves a la mujer que la limpia y la cuida... —dijo Teresa.

—Te llamaré —prometió Daniel.

Y se había despedido con un beso largo y silencioso. Ahora, tendida bajo la vela del porche, con los ojos cerrados pensó en Daniel volando hacia su vida mediocre, imperfecta, gris, pero suya. Mañana volaría ella a Barcelona. Se despediría de algunos amigos. Y, al día siguiente, regresaría a América.

Aleteó la vela sobre su cabeza. Abrió los ojos y vio el sol arriba, como un enorme ojo en el cielo. Del ojo descendía una nube en forma de esqueleto de pez, de un pez triangular y gigante. Se veía la espina dorsal flanqueada por las espinas laterales. Terminaba en punta. Como un pez. El mar a su izquierda se extendía a lo lejos, más allá del acantilado. Un yate blanco, una hermosa embarcación se deslizaba sobre las aguas. En la cubierta de popa, un helicóptero azul, como un insecto gigante, reposaba un sueño de mediodía. No se veía a nadie más. «Un barco fantasma —pensó— rumbo a ninguna parte». En la cala, el turquesa de los fondos refulgía al sol. Daniel, perdido, se fue esfumando en su conciencia hasta quedar reducido a un esqueleto borroso con un ojo de luz que se desvanecía, como el pez en el cielo.

Daniel se refugiaba en la actividad frenética del último trimestre. Era su mejor recurso contra la confusión en que vivía. Los días transcurrían a un ritmo acelerado entre la vida universitaria y las actividades culturales fuera de la Universidad. Conferencias, encuentros, debates, apoyo a causas justas. El libro apenas avanzaba. ¿Cuándo escribir? ¿Cómo concentrarse en Juan Ramón y sus crisis de exiliado? Fue Teresa quien le animó a iniciar el libro, después de una larga conversación una tarde, poco antes de regresar a España. Teresa se había entusiasmado con los puntos de vista de Daniel, con el análisis que hacía de la personalidad y la obra del poeta.

—Ahora que vuelves a España tienes que continuar trabajando sobre él. Te servirá de estímulo para salir de la rutina de las clases, de los congresos y los foros... —le había dicho Teresa.

Porque él, ante la cercanía del regreso, se lamentaba con frecuencia de lo esterilizadora que podía llegar a ser la vida de Madrid.

—Eso depende de ti —había asegurado Teresa, siempre dispuesta a luchar contra los obstáculos—. Eres tú quien tiene que compensar esa vida.

Hace tiempo que no publicas nada serio, según tú... Anímate. Yo puedo ayudarte a encontrar revistas, libros que tenemos aquí, si lo necesitas...

En la soledad del salón, derrumbado en su butaca con un libro abierto en las manos, Daniel cerraba los ojos y pasaba revista al día vivido, al programa del día siguiente, del mes siguiente. El recuerdo de Teresa irrumpía con frecuencia en sus reflexiones, como ahora, al pensar en el proyectado trabajo sobre Juan Ramón. Se daba cuenta de la exigencia intelectual que Teresa ejercía sobre él con su sola presencia. La crítica, la permanente incitación, el aliento que él aceptaba cuando estaban juntos se convertían en una carga cuando estaba lejos. Con la frialdad de la distancia, el estímulo se convertía en un ataque a su libertad. Teresa invadía su terreno personal. Se convertía en una constante instigadora de lo que él debía hacer, una juez implacable. ¿Berta era la libertad? En cierto modo, sí, porque Berta no era capaz de entrar en su soledad interior, en sus espacios sagrados. La lectura, la reflexión, el trabajo crítico, la investigación sobre un fenómeno literario presente o pasado que le interesara. El artículo resultante, el prólogo, las notas a pie de página. El Daniel universitario era independiente de Berta.

Berta no pretendía entrar en su mundo. No era respeto. Era indiferencia, y un punto de vaga admiración y sorpresa al percibir que aquella actividad de Daniel era valorada por alguien. Lo notaba en las pocas ocasiones en que ella asistía a un acto social literario. Daniel estaba seguro de que en sus reflexiones esporádicas sólo una duda empañaba sus atisbos admirativos. ¿Aquello derivaría algún día en un éxito de verdad? ¿Aquello daría algún día dinero?

Regresó a Teresa. Regresó al recuerdo de su admiración en la conversación sobre Juan Ramón. Recordó cómo él se había sentido tentado ante las propuestas admirativas de Teresa. «Tienes que hacer ese libro... Incluso, si te interesa, lo podemos publicar aquí. Te he dicho muchas veces que a través de nuestra revista y la editorial de Beatrice tenemos contactos con muchas otras editoriales...»

Todo estaba muy bien, pero el problema era el tiempo. Las horas de Madrid se encogían, saltaban unas sobre otras sin detenerse. Tendría que esperar a las vacaciones de verano. El verano. La idea de recluirse en un lugar tranquilo le sedujo, pero ¿dónde?

Teresa había regresado entristecida a Nueva York. La despedida de Menorca, la discusión última sobre el divorcio, el rechazo de Daniel a cualquier solución que cambiara su vida la habían deprimido. Pero reaccionaba ante los obstáculos con energía. Nueva York era una ciudad estimulante por el solo hecho de vivir en ella. Respirar su vitalidad, su capacidad de cambio constante sin perder su verdadera esencia, impulsaba a trabajar, a dejarse arrastrar por la investigación creativa o científica, a participar en la vigorosa carrera hacia delante en la que la ciudad estaba empeñada. En medio de la mezcla furiosa de sonidos, colores, luces, gentes, Teresa era capaz de sumergirse en su trabajo personal. Sola y al mismo tiempo consciente de la presencia de un fluir de vida a su alrededor, un aliento compartido por millones de seres humanos que habitaban cerca del cielo o en las sombrías catacumbas de la ciudad.

El recuerdo de Daniel yacía en lo más hondo de su conciencia. La llamada diaria de los meses anteriores se había convertido al regreso de las vacaciones en un par de llamadas semanales. Hablaban con cierta frialdad, sin proponerse situaciones límite, tratando de no remover las diferencias. Era un reto silencioso y oculto entre los dos. Un compás de espera. Un día, cuando Daniel se lamentaba del escaso progreso de su libro y de su necesidad de encontrar un lugar tranquilo durante el verano, Teresa le había sugerido.

—¿Y la casa de Asturias, la casa de tu familia?

En el primer momento Daniel se había quedado sorprendido y la idea le pareció irrealizable. Había que arreglar la casa. Hacía por lo menos tres años que no iba por allí. Desde que la madre ya instalada en Granada con la hermana pequeña había decidido repartirles la herencia poco antes

184

de morir. Daniel había renunciado a pisos o acciones para quedarse con la casa, a pesar de la oposición indignada de Berta.

—*Piénsatelo bien* —le animó Teresa—. *Podrás encontrar alguien que te ayude a restaurar lo que esté deteriorado, una parte de la casa al menos...*

—*Creo que tienes razón. Ésa puede ser una solución...* —dijo Daniel después de una débil réplica que Teresa no aceptó.

Daniel entró en casa reconfortado con la idea de Teresa. El proyecto del verano en Asturias era una luz al fondo del camino. Desde niño, cuando tenía un problema aparentemente irresoluble, se imaginaba que estaba andando por un túnel oscuro pero que en algún momento aparecería una luz lejana y débil que iría aumentando hasta llegar a la salida del túnel.

Al meter la llave en la puerta, oyó la voz de Berta que gritaba.

—¿Daniel?

—Sí, soy yo. ¿Quién crees que va a entrar con llave?

Berta estaba en el cuarto de baño. Cuando Daniel fue a su encuentro guiado por la dirección del grito ella estaba saliendo al dormitorio oscuro. La luz quedó a sus espaldas y su silueta se destacó en el marco de la puerta.

—¿Qué haces a oscuras? —preguntó Daniel. Y pulsó el interruptor.

Berta se llevó las manos a la cara y al acercarse a ella Daniel observó que las lágrimas caían por sus mejillas bajo los puños con los que trataba de ocultarlas.

—¿Qué pasa ahora? —preguntó inquieto Daniel—. ¿Otra vez Javier?

Berta descubrió su cara, los ojos enrojecidos por el llanto y con un gesto de odio y de dolor se enfrentó a él con violencia.

—Javier, no, no ha hecho nada. Dime ahora mismo qué has hecho tú mientras estabas en América. Quién es Teresa. Quién es su amigo Philip. Quién es Juan Maciá, el amigo de Philip.

Atónito, Daniel no sabía qué contestar. ¿A qué venían, de dónde venían los nombres entremezclados que Berta gritaba?

—¿De qué estás hablando? —preguntó. Y su voz sonó tan sincera que, por un momento, Berta titubeó. Pero en seguida recuperó su furia y de un tirón, lanzó su explicación como una lección aprendida, como el resumen de un discurso preparado cuidadosamente.

—Estoy hablando de Juan Maciá, un profesor americano que acaba de llegar a Madrid, de paso para Francia y que ha pedido tu teléfono en la Universidad porque necesitaba que le ayudaras en algún problema del viaje y sobre todo porque quería saludarte... «¿Es usted Teresa?», ha preguntado. Y cuando le he dicho que no, que yo soy Berta, tu mujer, dijo: «Perdón, creo que me he equivocado, que me han dado el número mal...». Mentira. Mentira. Él preguntó por el profesor Daniel Rivera... Y me tomó a mí por Teresa, y yo te pregunto: ¿Quién es Teresa?

Daniel estaba consternado... No podía imaginar cómo se había producido aquella sarta de desafortunadas confusiones.

Recordaba a Juan Maciá, un amigo de Philip. Había hablado de Madrid, de la Universidad, sólo eso. Lo había conocido una vez en Nueva York con Teresa. ¿Había interpretado que Teresa estaba con él en España? ¿Creyó en aquel momento que Teresa era su mujer?

Un enorme cansancio se apoderó de él. ¿Era eso el comienzo de una nueva vida llena de desconfianzas y reproches? Un desaliento insoportable le hizo reaccionar. No podía seguir así. Había llegado al límite de su cobardía y su cinismo. Miró a Berta con gesto serio y decidido y dijo:

—Teresa existe. Es verdad. La conocí en Estados Unidos, en la Universidad. Está divorciada. No tiene hijos. Me enamoré de ella, sigo enamorado. Pero estoy aquí. No te he abandonado. No os he abandonado a los niños, ni a ti... Ahora, ya sabes la verdad... Quedan dos meses para las vacaciones. Precisamente iba a decirte que voy a hacer un viaje a Asturias para arreglar mi casa. Quiero pasar allí el verano, tener calma y paz para escribir un libro... Si te parece esperamos al otoño para tomar una decisión. Tú verás lo que prefieres. Si quieres me voy ahora mismo...

Berta ya no lloraba. Se había quedado quieta, la cabeza baja, los ojos cerrados. Le dejó hablar y cuando se hizo el silencio le insultó con rabia.

—Eres un canalla. No tienes vergüenza. No te mereces lo que he sacrificado por ti y por nuestros hijos. Siempre encerrada, siempre aburrida, siempre dependiendo de lo que tú querías... Para llegar a esto...

Daniel no intentó replicar, defenderse, acusar, hablar de su fracaso personal, de la incomprensión y el egoísmo de Berta, de la lejanía de sus vidas, de sus intereses, de sus metas. Se derrumbó en una butaca mientras Berta, tumbada en la cama, ocultaba en la almohada su rostro y su derrota.

La aceptación de Daniel había alegrado a Teresa. Siempre necesitaba un tiempo para decidirse, pero en esta ocasión había reaccionado con rapidez a la solución que ella le había sugerido: «¿Por qué no la casa de Asturias?». El entusiasmo que desplegó a continuación mostraba un cambio en su actitud habitualmente quejosa y pasiva. Era un rechazo a los veranos monótonos de la sierra madrileña rodeados de gente conocida de Berta.

Parejas con hijos de la edad de los suyos. Piscinas, barbacoas.

—Sólo la lectura —decía Daniel—. Sólo leer me compensa de ese ambiente y alguna escapada a Madrid si no hace un calor excesivo. La casa de Asturias podía haber sido nuestro refugio, nuestra casa entre la montaña y el mar. Pero Berta siempre fue reacia a encerrarse en un pueblo, a las nubes del norte, a un mundo tan ajeno al suyo.

Daniel se estaba aferrando a un viejo sueño. La búsqueda de la infancia lejana. La soledad frente al mar. ¿Era el comienzo de una rebeldía?, se preguntaba Teresa. En cualquier caso era un intento de aislamiento y reflexión, una oportunidad de concentrarse en el trabajo intelectual, un tiempo lejos de Berta y de la vida anodina que ella propiciaba.

Teresa esperó durante unos días la llamada de Daniel. Su silencio le perturbaba pero al mismo tiempo no quería adelantarse a telefonear. Al fin la llamada se produjo un día, no a la hora habitual sino un poco más tarde. La voz de Daniel le sonó extraña, cansada, lejana. «¿Qué te ocurre?», preguntó temerosa. «¿Qué te ha pasado?» Y un Daniel apagado al principio y más enérgico a medida que hablaba le dijo: «Un desastre. Berta se ha enterado de que existes. Y de que estoy enamorado de ti...». Le explicó la absurda confusión telefónica, la reacción desesperada de Berta, la necesidad que él sintió de aclararlo todo.

—No podía seguir así. Y corté por lo sano... Le he propuesto esperar, reflexionar. Le he dado la oportunidad de que ella decida lo que quiera que hagamos... Me siento culpable, como te puedes figurar... Le propuse marcharme de casa si ella quería... Pero no quiso. Quiere que todo sea igual cara al público... No puede soportar la idea de que yo la abandone por otra...

Teresa escuchaba en silencio. Las palabras de Daniel resbalaban sobre su consciencia como algo ajeno a ella, inverosímil, remoto... Ella había aceptado a un Daniel dubitativo y temeroso de hacer daño a su familia. Que esperaba, quizá, un momento oportuno para aclarar su situación. ¿Que los hijos crecieran? ¿Que la misma Berta tomara un día la iniciativa de rechazar una situación matrimonial tan poco satisfactoria? Daniel le había dicho en varias ocasiones que entre ellos no existía ya más lazo que el puramente social y una máscara de normalidad exhibida ante los hijos. Le había hablado del fracaso total de la relación con Berta, de las discusiones constantes, los desacuerdos, la amargura... Y, ahora, cuando el azar ponía ante él la ocasión de tomar una decisión, ¿le daba la oportunidad de que ella decidiera? ¿De qué culpa hablaba? ¿Qué quería decir?...

Daniel había terminado su confusa narración hacía unos momentos.

Teresa preguntó.

—¿Has terminado?

Y él, lacónico, dijo:

—Sí...

Entonces habló ella. Fue rotunda y escueta.

—*Eres un inmaduro...* —dijo—. *Tú no sabes quién eres ni dónde estás, ni lo que quieres hacer de verdad en la vida. Eres capaz de vivir en la ocultación y el engaño tan tranquilo. Y cuando una circunstancia inesperada te pone a pesar tuyo frente a la verdad y a la confesión inevitable... entonces, todo lo que se te ocurre es decir: «Haré lo que tú quieras... Me iré o me quedaré... Lo que tú decidas...». Sigues paralizado, prisionero, creo yo, de tus prejuicios pequeñoburgueses, de tu turbia conciencia, de tu falta de valor para afrontar la verdad...*

Teresa hizo un silencio. Daniel lo aprovechó para decir:

—*Te pido por favor que no sigas. Dejemos esto... Mañana te llamaré... Ahora no me siento con fuerzas para contestarte...*

Teresa colgó el teléfono lentamente. Se reprochó su inoportunidad para esgrimir reproches en un momento en que Daniel estaba al borde de una crisis que podía ser decisiva. «Mañana, si no llama, le llamaré yo», se dijo buscando una salida, un aplazamiento a su sentimiento de culpa.

Apenas se hablaban. Lo justo para convivir y compartir los mil detalles de la vida cotidiana. «Por favor, la sal.» «¿Quieres agua?» «Hay que avisar al fontanero...» Los niños ¿se habían dado cuenta? Daniel lo dudaba. Pasada la primera noche, cuando Berta se metió en la cama con el pretexto de un resfriado y ellos tres organizaron la cena, Daniel tuvo que reconocer que no había tanta diferencia entre la convivencia de antes o después del drama. Gestos, movimientos coordinados de acuerdo con las necesidades de cada momento: «Acércame, dame, toma». Los niños tenían su parte lacónica en la conversación. «Necesito que me compres...» «Se me ha roto...» «El domingo voy a casa de...» «Me han dicho en el colegio que...» Ellos, los padres, escuchaban como siempre desde un remoto espacio personal. «Sí», decían, o «No»... «Veré si tengo tiempo...» «Que vaya tu madre...» «Que vaya tu padre...» Se repartían las pequeñas obligaciones creadas por los hijos.

En la cena, la noche en que Daniel había hablado con Teresa, surgió el tema de Asturias. Fue Marta quien lo sacó.

—Tengo una amiga en el colegio que se ha comprado una casa en Asturias. Bueno, ella no, sus padres...

—¿Hacia dónde? —preguntó Daniel—. ¿Este u oeste?

—Hacia el País Vasco —aclaró Marta.

—La nuestra está al oeste, hacia Galicia —dijo Daniel—. Un lugar maravilloso. ¿Tú te acuerdas, verdad, Javier? Tu hermana era muy pequeña la única vez que estuvimos... Por cierto, voy a ir a ver la casa alrededor del uno de mayo, aprovechando la fiesta y alargando el fin de semana un día más. ¿Quién viene conmigo?

Javier estaba comiendo y levantó la mano en silencio, asintiendo con un movimiento de cabeza. Marta dijo:

—Yo no, papá. Tengo un cumpleaños esos días. Y además no creas que me apetece mucho el norte...

—Ya hablaremos —dijo Daniel. Y añadió—: Me voy a trabajar un rato a mi cuarto. No pongáis muy alta la televisión...

Como tantas y tantas noches.

—*Te llamo desde Asturias* —dijo Daniel—. *Estoy aquí con mi hijo... Hemos recorrido la casa. No es tanta la obra que hay que hacer... El tejado lo primero, lo más importante. Hay tejas sueltas, y luego con la lluvia... Hay que revisar la fontanería, reforzar toda la instalación eléctrica... Comprar un frigorífico... Una cocina nueva...*

Teresa se alegró. Las últimas llamadas habían sido poco alentadoras. Daniel parecía triste, dolido todavía por el ataque que ella le había lanzado cuando le contó el descubrimiento de Berta. Parecía que todo iba a peor. Teresa se planteó una ruptura provisional, la interrupción de los agotadores diálogos incompletos a través del teléfono. Pero, por otra parte, necesitaba oír su voz, comprobar

193

que entre ellos existían lazos indestructibles a pesar de las circunstancias, a pesar de ellos mismos.

Beatrice había llegado a Nueva York y en uno de sus encuentros Teresa había sentido la necesidad de hacerle confidencias. Y Beatrice con su serenidad y su experiencia la había ayudado mucho. Acerca de la situación crítica con Daniel le había aconsejado:

—No te precipites, no hagas algo de lo que te arrepentirás después. Espera...

Y eso era lo que estaba haciendo. Esperar a que las aguas volvieran a su cauce. Esperar a que la tormenta que Berta por un lado y ella por otro habían desatado contra Daniel se apaciguara.

La noticia del viaje a la casa familiar la tranquilizó. Daniel había sido fuerte y consecuente. Había antepuesto su elección a la exigencia de Berta. «Este verano yo iré a Marbella unos días y después a la sierra», había afirmado ella tajantemente. «Tú haz lo que quieras.» Y él se había ido a preparar la casa de Asturias. Y se había ido con su hijo, estaba acercándose a su hijo, lo cual suponía apartarle de la influencia de la madre y atraerle a su ambiente, a sus intereses. Por primera vez Daniel se daba cuenta de que su hijo adolescente le necesitaba. Y asumía su responsabilidad. ¿Había esperanzas de que Daniel se enfrentara a Berta, a la vieja rutina familiar? Un vago destello de optimismo iluminó el ánimo de Teresa, abatido durante los últimos días.

Juntos recorrieron la casa de los abuelos.

—¿De tus abuelos, verdad? —preguntó Javier.

—Sí, de mis abuelos, aunque más tarde fue de mi padre y al fin mía cuando él murió... —explicó Daniel. Y una imprecisa culpa le afligió. Se dio cuenta de lo poco que había hablado siempre con sus hijos, de la escasa información que les había dado sobre su infancia o su juventud, de lo superficial que había sido su relación con ellos. Cumpleaños, Navidades, juguetes, colegios, veraneos en los que ellos hacían su vida y Daniel se refugiaba en la suya. ¿En qué momento habían crecido? ¿Qué día, qué año se dio cuenta de que Javier era un adolescente, que podía hablar con él de muchas cosas? Y sin embargo todo en su vida familiar se había reducido a monólogos, monosílabos, monotonía... ¿También monopolio por parte de Berta? Sonrió a solas ante el estúpido juego asociativo. «Un afán de jugar con las palabras. Una monomanía...», se dijo.

Aquel aislamiento, aquella barrera entre él y sus hijos, involuntaria y sin embargo real, ¿a qué obedecía? ¿Acaso su padre había sido igual con él? La infancia era un lejano recuerdo, un antes y un después en su vida. Y la casa de Asturias pertenecía al antes, a la etapa en que su padre jugaba con él y sus hermanas o hacía con él excursiones a los montes cercanos, al otro lado de la carretera que cruzaba prados delante de la casa, tan lejos que apenas se oían los coches que circulaban por ella. Muchas veces, el padre le invitaba a acompañarle. Solía ser en las largas tardes de julio, cuando el día duraba, se extendía hasta muy tarde y la serenidad del aire, el ligero frescor, invitaba a andar. Acostumbraban a ir los dos solos. Su padre llevaba un bastón y una navaja.

—Es muy útil, ¿sabes? Siempre hay algo que cortar con la navaja y algo que espantar con el bastón...

Él sonreía porque el monte era uno de los lugares que le pertenecían. Allí hacía excursiones con los chicos del pueblo. Bordeaban las fincas cultivadas de maíz, dejaban atrás el monte bajo erizado de arbustos, y por caminos agrestes subían hacia los bosques que eran claros y ralos al principio y se iban espesando a medida que se adentraban en ellos. Hayas, robles, encinas, laureles. De vez en cuando una pradera despejada en la que había vacas paciendo, sosegadas. El sonoro tintineo de las esquilas anunciaba su presencia... Las sorpresas del bosque. El descubrimiento inagotable de sus senderos sin trazar, siempre nuevos. Caminos laberínticos, monte arriba hasta llegar a una braña despejada en lo alto, desde la cual se veía el mar.

Investigar la entrada de una cueva entre espinos; intentar trepar a un árbol, seguir el curso de un arroyo hasta encontrar su nacimiento. El reto consistía en llegar a un punto alto y descender después por una ladera hasta alcanzar la carretera, un kilómetro más al norte del pueblo.

Los paseos con el padre eran diferentes. A veces le asaltaba la tentación de negarse a acompañarle. En el pueblo, cercano a la casa, había juegos en la plaza o bajaban los chicos al puertecito en forma de herradura donde los hombres descargaban la pesca ayudados por las mujeres que les esperaban.

Las mañanas eran mañanas de playa y baño y carreras por la arena. Con sol o con lluvia, la playa era el gozoso centro del verano. Bañarse cuando el sol brillaba y el calor invitaba al chapuzón o en los días en que la lluvia adelantaba el placer del baño y luego al salir del mar, la ducha fría y limpia de las nubes prolongaba la dicha de las olas. Las mañanas eran para la playa. Y también algunas tardes. Cuando los días eran tan calurosos que invitaban a repetir los baños, hasta el primer escalofrío, hasta que los pelillos suaves de los brazos se rizaban.

Pero él rara vez decepcionaba al padre. Las hermanas eran otra cosa. Sus obligaciones se limitaban a ayudar a la madre en pequeñas tareas: devanar madejas de lana para los jerseys del invierno o ayudar a María a desgranar guisantes para la cena. Y luego jugaban en el jardín con las muñecas y las cocinitas y toda aquella colección de hogares en miniatura en los que ensayaban, repitiendo el molde materno, el orden y el concierto de los muebles y objetos. Él era muy consciente de sus privilegios de único varón, solidario con el padre cuando le pedía compañía o apoyo en los ejercicios de habilidad y fuerza que a veces le planteaban las mujeres de la casa.

Los veranos de la infancia, los veranos del norte húmedos y jugosos, templados y ligeros. La cercanía de la naturaleza, la vida del pueblo...

La llegada había sido alegre. Se habían alojado en la fonda. Una casa con cuatro habitaciones disponibles para viajantes de comercio y forasteros de paso. Y también para los veraneantes fijos, de julio y agosto. Lo primero que Daniel quería hacer era visitar a su amigo Juan.

—Mi mejor amigo desde que éramos niños. Lo que ocurre es que se quedó en Asturias y yo no volví a veranear aquí desde que murieron los abuelos... Tiene un chico más o menos de tu edad y dos mayores que ya están en la universidad...

El encuentro con Juan, Lucía, su mujer, y su hijo Germán fue muy efusivo.

—Tantos años —dijo Daniel—. La última vez que nos vimos fue en Madrid cuando fuiste a un congreso de Medicina, pero ya hace mucho tiempo...

Al despedirse, después de una cena prolongada en horas de sobremesa, Daniel dijo:

—Mañana temprano iré con Fermín a la casa. He quedado con él para que veamos aquello y me ayude a organizar las obras... María me ha prometido que puede venir en el verano, a limpiar y a cocinar...

—Gracias a él —dijo Juan— tienes en pie los árboles y las plantas del jardín.

—Quería mucho a mi padre —afirmó Daniel.

Daniel había cambiado. Teresa estaba segura. Lo notaba, lo sentía. No sólo por la libertad con que hablaba de todo lo que le rodeaba, el pueblo, el mar, la montaña, la casa, los amigos medio olvidados y recuperados de pronto después de muchos años. Era también el tono de voz, la palabra que sonaba vibrante y alegre. Le hablaba de los recuerdos de infancia que compartía con Juan y su mujer, médicos los dos, instalados en el pueblo aunque sólo él ejercía la carrera mientras que ella, Lucía, se ocupaba de los chicos, de la casa, de ayudarle en la consulta por las tardes como secretaria-enfermera... «*Ya te contaré*», decía Daniel, y Teresa se preguntaba cuándo y cómo. «*Escríbeme*», le había sugerido. Y él, por vez primera, no se había negado, al contrario, había dicho: «*Sí, son demasiadas sensaciones, demasiadas reflexiones para contarlas por teléfono...*».

—*¿Y tu hijo?* —le había preguntado Teresa. Daniel dudó un segundo, antes de contestar.

—*Mi hijo era un desconocido para mí. Estoy descubriéndolo ahora. Me parece que soy como uno de aquellos emigrantes asturianos que se iban a América y volvían después de muchos años y encontraban una familia des-*

199

conocida porque habían vivido separados tanto tiem-
po... Sólo que yo no me he ido más que cuatro meses y
mis hijos eran desconocidos ya antes de irme...

*

Ahora, aquí, siento que he renacido. Después de
Menorca, el regreso a la realidad fue espantoso. Peor
aún que el regreso de América. Por eso, este alejamien-
to, este viaje a mi infancia me ha venido muy bien.
Creo que en este pueblo he encontrado muchas cosas de
mí mismo que creía muertas. La primera la maravilla
del reencuentro con la naturaleza y con este pueblo y las
gentes que me recuerdan todavía. Y, lo más importan-
te, con un hijo que desde la infancia se dirigía a mí con
«sí», «no», «bueno», etcétera. Su madre nunca quiso
que pasáramos un verano aquí o que intentáramos pa-
sarlo. Y está fascinado. Además, mi amigo Juan tiene
un hijo de su edad, un chico abierto, expresivo, vivo...

¿Un canto a la relación familiar? ¿Una esperanza de cambio? ¿De qué manera le iba a afectar
a ella esta euforia, este redescubrir las viejas experiencias? Teresa dudaba pero en el fondo estaba
contenta porque percibía algo auténtico y vigoroso en la carta de Daniel. Una carta que era ya en sí

misma un fenómeno extraño. Reflejaba la necesidad de comunicarle lo que sentía, aunque no fuera más que un desahogo, aunque no hablara para nada de su relación con ella ni del presente o el futuro de esa relación. Teresa suspiró y pensó que aquel cambio era positivo.

Precisamente aquella noche iba a cenar con Beatrice y era inevitable que hablaran de Daniel. Teresa se sentía muy cerca de ella, más cerca incluso que cuando el padre vivía. Mientras duró la pareja, formaban una unidad muy independiente. Se veían con cierta frecuencia los tres, pero Teresa tenía siempre la sensación de estar de visita. Organizaban la vida a su manera, las horas de trabajo, los momentos de descanso, los paseos, los temas de conversación. Ella tomaba parte en todo pero se daba cuenta de que su padre y Beatrice habitaban un mundo que los dos habían ido creando, convirtiendo en un sólido espacio que se adaptaba por completo a sus deseos y necesidades.

La soledad de Beatrice era distinta de la suya. La pérdida del padre significaba para Teresa la definitiva ruptura con el pasado, las raíces, la infancia y la adolescencia. La orfandad total. Beatrice era una mujer llena de vida y con una larga historia personal cuando encontró a su padre. Los dos compartían muchas cosas y respetaban las que eran propiedad individual. Sin embargo Teresa quería ser justa. Ella era joven. Todavía tenía un futuro esperándola en alguna parte. Y Beatrice caminaba ya hacia las últimas vueltas del camino.

Sus encuentros dejaban en ambas la confortable sensación de compartir una etapa importante de sus vidas.

—Espera, Teresa —le había repetido una vez más Beatrice—. Espera. El tiempo lo decide todo sin contar con nosotras. ¿No te das cuenta de que Daniel tendrá que dar un paso en uno u otro sentido? Un paso que será importante para ti porque también tú tendrás que decidir, después de sus posibles propuestas...

Los días se esfumaban. Daniel organizaba los presupuestos, los planes de acondicionamiento de la casa, ayudado por Lucía. Era consciente de que en tan poco tiempo sólo podría afrontar lo más necesario.

—Volveré un fin de semana, más adelante —aseguraba a sus amigos—. Quiero que todo lo importante esté dispuesto para julio...

Javier acompañaba a su padre todas las mañanas hasta la casa y descubría con él tesoros escondidos en el desván. Baúles, lámparas, viejos juguetes, muebles arrinconados al pasar el tiempo. Ayudaba a Daniel a tomar notas de detalles imprescindibles que debían transmitir al albañil encargado de las obras. Un día Javier dijo:

—En mi cuarto yo querría una mesa y una estantería para mis cosas, libros y discos...

Se interrumpió de pronto porque advirtió que no habían hablado de quién iba a ocupar la casa ese verano. Daniel percibió el entusiasmo que encerraba la petición primera y de la retirada silenciosa que siguió a continuación.

—¿Tú querrías venir conmigo? —preguntó a su hijo—. ¿Tú crees que tu madre te dejará venir aquí en vez de ir con ella a la sierra?

Javier le escuchó con la cabeza baja. Pero en seguida reaccionó y dijo mirándole a los ojos:

—Si tú quieres, yo vengo contigo...

Daniel sintió una emoción desconocida. Por primera vez su hijo decidía por sí mismo, salía de su pasividad y su aceptación de los distintos programas que su madre le proponía. Horarios, planes, elecciones que ella le marcaba y le obligaba a seguir. La mirada de Javier era una mirada firme, segura.

—Hablaremos de esto en Madrid, con tu madre —dijo Daniel.

Era lunes y Teresa se había instalado desde muy temprano ante su mesa de trabajo. Por el ventanal entraba la luz hiriente de mayo. El libro de Teresa avanzaba. Las parejas famosas iban discurriendo por los folios, lentamente. Había vuelto a incorporarse a su puesto de asesora, supervisora, crítica en la revista. Una suma de actividades que habían despertado en ella el interés por la publicación que un día inició Beatrice y donde había conocido a su padre a través de amigos comunes. Su padre se incorporó en seguida a la revista. Teresa apareció por la redacción cuando era una joven estudiante y luego, ya casada con Robert, empezó a trabajar seriamente en ella. Más tarde, cuando se divorció y decidió alejarse de Nueva York, no había perdido el contacto con la revista. Ahora, al regresar definitivamente a la ciudad, había regresado también a su anterior despacho pero reduciendo su horario a tres jornadas semanales. El resto de la semana lo dedicaba en casa a las parejas de su libro.

El teléfono sonó y era Daniel, alegre y comunicativo.

—*Acabamos de llegar a Madrid. Me he pasado por el apartamento a recoger unos libros... ¿Qué tal tú?*

Teresa suspendió su trabajo y tardó unos instantes en reaccionar.

—*Yo estoy bien porque estoy trabajando...*

—*¿Qué tal va tu libro de las parejas?* —preguntó Daniel.

—*Muy bien. ¿Y el tuyo de Juan Ramón?*

Daniel se echó a reír.

—*No me controles, por favor. He pasado cinco días magníficos al lado del mar, con mi hijo y mis amigos de la infancia... Por supuesto no he llevado nada para trabajar. Pero me he ocupado de preparar la casa para este verano...*

Teresa suspiró. Toda su concentración se había esfumado. La llamada de Daniel había pertur bado su calma, el equilibro conseguido a fuerza de autocontrol y exigencia.

—*Me alegro mucho* —dijo—. *Creo que ha sido una buena idea ir al norte y llevarte a tu hijo. Una buena ocasión para que charléis un poco y os conozcáis mejor...*

Daniel permaneció en silencio unos segundos y luego se despidió con un lacónico: «*Hasta pronto, Teresa, cuídate*»...

«Algo en lo que le he dicho no le ha gustado», se dijo Teresa. «O quizá yo estuve demasiado indiferente, o ajena a su viaje y su alegría.» Miró el reloj. Hora de dejarlo todo. Encendió el televisor para enterarse de las últimas noticias de la NBC.

Ya estaban en casa otra vez. Berta los recibió con frialdad y un gesto duro en su rostro moreno por el sol del Mediterráneo. Había aceptado la invitación de su hermana para pasar los días de la breve vacación con ella. La niña estaba alegre, había coincidido con compañeras de colegio y se había divertido de verdad.

—¿Divertirte con esas simples? —dijo irónico Javier.

Daniel le miró con asombro. El silencioso Javier ¿había cambiado en sólo cinco días? Cinco días intensos, desde luego, con los chicos del pueblo y sobre todo con Germán, el hijo de Juan y

Lucía. Marta pareció también sorprendida pero no replicó al impertinente comentario de su hermano. Berta dijo:

—¿Y vosotros, lo habéis pasado bien?

Daniel quiso ser jovial y conciliador y contestó por los dos.

—Muy bien. Vida sana, paseos por la playa y el monte, ¿verdad, Javier? Y la casa va a quedar muy bien... Si os decidierais vosotras a venir unos días este verano...

La ira centelleó en la mirada de Berta.

—Te he dicho mil veces que no me gusta el norte, la lluvia, la niebla, las vacas y esa obsesión por comer... Yo creo que hasta Javier ha engordado...

Daniel miró a su hijo sentado al otro extremo de la mesa y observó cómo dejaba los cubiertos, retiraba el plato y decía:

—Tienes razón, mamá, he comido demasiado. Por eso no me voy a terminar el pescado...

Escenas de la vida familiar. Ingratas escenas desdichadas.

—Nosotros volveremos en verano. ¿Verdad, Javier? —dijo Daniel.

Sin dejarle contestar, Berta casi gritó.

—De ninguna manera. En el verano Javier vendrá conmigo a la sierra. Y si podemos, unos días a Marbella. Tú —dijo mirando a Daniel— seguramente tienes otros planes que incluyen a otras personas...

Al avanzar en su trabajo, una convicción se apoderaba de Teresa. No había deducciones generales para aplicar a los comportamientos de aquellas parejas excepcionales que ella había seleccionado.

Pero había un fenómeno que le había sorprendido especialmente. ¿Por qué hombres extraordinarios en su vida profesional, creadores artísticos, científicos, políticos, elegían a veces una pareja descompensada, inferior a ellos en todos los aspectos? Eso por una parte. Y por otra, ¿por qué algunos de esos hombres célebres abandonaban a una mujer espléndida, compañera perfecta, colaboradora a veces, para unirse a una mujer vulgar?

Era un enigma que no lograba despejar, a lo largo de tantas horas dedicadas a investigar los casos elegidos. Era, quizás, el más inesperado de los descubrimientos hechos.

Algunas de las parejas elegidas no habían dado muestras de desacuerdos graves a lo largo de su convivencia. Eran vidas y trabajos armoniosos, biografías admirables y consoladoras, pero eran los otros, los desajustados, los que ocupaban más tiempo en sus reflexiones, en sus intentos de explicarse algo que le parecía inexplicable.

Llevado al terreno de lo conocido, de lo que ella observaba a su alrededor, Teresa era consciente de la frecuencia con que hombres no excepcionales, pero sí brillantes, tenían una pareja mediocre. Y a veces insoportable. ¿Por qué continuaba esa convivencia a pesar de todo? Ni siquiera la belleza física, ni siquiera la influencia decisiva del atractivo sexual aparecía por parte alguna en muchos casos.

Sin querer, Teresa desvió su atención hacia Daniel y Berta y ella misma. Un triángulo extraño. ¿Por qué Daniel y Berta? ¿Por qué no ella y Daniel?

El insistente timbre del teléfono le pareció de modo absurdo una respuesta a la pregunta que se estaba formulando.

—¿*Sí?* —preguntó.

—*Soy Daniel. Ayer me quedé un poco angustiado con tu reacción. Me pareció que estabas muy lejana y que mi llamada te había disgustado... No sé cómo estás hoy, pero se me había ocurrido una cosa. ¿Te gustaría venir este verano a Asturias, a la casa de mis abuelos? Yo me voy a encerrar a trabajar y pensé que, a lo mejor, tú también podías terminar el libro allí... ¿Qué te pasa? ¿Por qué no contestas?...*

Teresa estaba a punto de llorar. Toda la tristeza acumulada desde el regreso de Menorca había estado escondida en algún lugar profundo de sí misma. La inesperada propuesta de Daniel le había conmovido y ahora la tristeza amenazaba con diluirse en lágrimas.

—*Claro que quiero. Tengo verdadera curiosidad por conocer el norte de España... Y sobre todo quiero conocer esa casa que tan feliz te hace...*

Por misteriosos, accidentales caminos, la respuesta había llegado. ¿Daniel entre Berta y ella? No, sólo ella y Daniel, este verano...

*

Marea alta. El agua subía alborotada hasta el límite de las rocas. Una piscina turquesa de aguas movidas se extendía abajo, donde la arena era una vertiente suave una hora antes. Mar adentro, una pequeña elevación marcaba la barrera en la que rompían con fuerza las olas. Teresa nadaba hasta allí y se detenía esperando el golpe vigoroso, la espuma violenta que la envolvía y de la cual emergía gozosa.

El placer físico del agua y el sol sobre la piel se extendía a todo su cuerpo y la consciencia de un espacio y un tiempo propios exaltaba su alegría.

Daniel la contemplaba desde el prado en lo alto. Regresaba de su paseo hasta las rocas que cerraban el límite de la playa y a partir de las cuales la costa era inaccesible, áspera y dura. La costa de los naufragios antiguos.

Teresa corrió hacia él, le reclamó con los brazos abiertos y él descendió a su encuentro.

En la piscina provisional, el milagroso lago que desaparecería en poco tiempo con el juego de ida y vuelta de las mareas, el agua era templada y de vez en cuando, corrientes frescas avanzaban por el fondo. Teresa se abrazó a Daniel con un repentino temblor. Luego los dos nadaron cerca uno del otro y la conciencia de su proximidad, el rítmico movimiento de sus cuerpos, acentuó la plenitud de la mañana.

Cuando subieron hacia la casa, María les advirtió desde la puerta.

—Ya está el almuerzo... —y volvió a su cocina mientras ellos subían a vestirse.

Los días de calor la mesa se ponía en la terraza del norte, mirando al mar. En los días frescos, al sur, en el porche sobre el jardín.

Después de comer, hundidos en las butacas de mimbre, los dos guardaron silencio. Teresa miraba hacia la costa. Desde la casa sólo se veía el agua azul oscuro, la espuma de las olas avanzando hacia la playa, escondida abajo. No pensaba en nada concreto. Se limitaba a sentir, a sumergirse en la belleza del paisaje y en el momento del día. Frente a ella, Daniel apoyaba la cabeza en el respaldo de la butaca y tenía los ojos cerrados. Las tazas de café descansaban vacías en la bandeja. Teresa acercó la cafetera y llenó la suya.

—¿Quieres? —preguntó.

Sin abrir los ojos, Daniel dijo:

—No, gracias.

Parecía relajado y tranquilo. Desde su llegada, todo había ido bien. Desde que Daniel la recogió en el aeropuerto por la mañana temprano y emprendió el viaje en su coche sin detenerse en Madrid.

—No podemos perder ni un minuto en este infierno —había dicho Daniel. En la autopista los termómetros marcaban 30° a esa hora.

Teresa suspiró hondamente. «¿Será esto la felicidad?», se preguntó. Y se contestó a sí misma: «Al menos los momentos felices».

Daniel sentía que todo era perfecto a su alrededor. El mar, el sol, Teresa. Sólo una sombra enturbiaba su serenidad. La ausencia de Javier, la implacable decisión de Berta: «Vendrá conmigo a la sierra». Porque ella sabía, adivinaba que el arreglo de la casa, la prisa por tenerla preparada para el verano obedecía a la llegada de Teresa. Fue inútil que él tratara de explicarle que la habría arreglado en cualquier caso porque ése era el lugar al que quería volver todos los veranos de su vida.

—Irás con esa zorra... Que lo pases bien... —había dicho Berta dando por terminada la discusión.

Estaban en el salón y los dos alzaban la voz. Daniel sabía que Javier lo había oído todo. Y cuando, a la noche, después de una cena silenciosa, se retiró a su cuarto, Daniel le siguió, entró con él y cerró la puerta. Javier le miró, interrogante.

—¿Qué quieres? —preguntó.

Y Daniel contestó.

—Decirte que lo siento mucho. Yo quería que vinieras... y Teresa también. Pero tu madre...

Javier no contestó. Estaba dolido porque él no había sido capaz de conseguir que la madre cediera.

—Un compañero mío —dijo de pronto— se va de vacaciones con su padre. Como están separados, la madre no puede impedírselo...

Daniel intentó explicarle que ellos no estaban separados y no tenían acuerdos para repartirse los hijos.

—Algún día lo entenderás —dijo Daniel.

—Lo entiendo ya —aseguró el hijo. Y se le quedó mirando—. Aunque nunca me has dicho quién es Teresa...

María se acercó a retirar las tazas vacías.

—Buen día, ¿verdad, señora? —dijo.

Teresa asintió y Daniel abrió los ojos. Sonrió a María.

—Muy bueno, ojalá dure...

Aquella misma noche desde el despacho de Juan, Daniel llamó a la casa de la sierra. Cogió el teléfono Berta.

—*¿Qué tal estáis?* —preguntó Daniel.

—*Bien* —contestó Berta, secamente.

—*¿Ocurre algo?* —inquirió Daniel.

—*No. ¿Qué quieres que ocurra?* —preguntó Berta.

—*Nada. Nada malo* —aclaró Daniel.

Berta no contestó. El clic del teléfono anunció el final del diálogo.

Teresa se levantaba temprano. Disfrutaba asomándose al porche y contemplando el jardín, cuando todavía la humedad de la noche mantenía fresco el aire y las gotas de agua temblaban en los pétalos de las flores, en las hojas delicadas de la parra virgen, en el césped que rodeaba el estanque.

En seguida oía a María moviéndose por la cocina. El sonido familiar de los platos, la jarra de leche, el olor del café y las tostadas despertaban en Teresa recuerdos de infancia. Lejanos recuerdos de la masía de los abuelos maternos en el Ampurdán. Vagos recuerdos de tíos y primos perdidos cuando el padre decidió marcharse a América.

La mañana empezaba con planes de trabajo. Teresa había encontrado un buen refugio en la salita vacía, pegada al dormitorio. Había trasladado una mesa del desván y una vieja estantería para los libros, las carpetas, los cuadernos.

Daniel ocupaba el despacho de su abuelo que permanecía intacto en el ala principal, con una gran mesa junto a la ventana desde la que se veía el jardín, la tapia que lo cercaba y, a lo lejos, las montañas azuladas.

No tenían un horario rígido pero se suponía que hasta las doce o la una estarían los dos ocupados en sus trabajos y luego, si el día era bueno, bajarían a la playa o caminarían si el tiempo cambiaba de pronto y refrescaba y el orvallo acariciaba las praderas, los árboles, la tierra toda.

Al atardecer solían dar un paseo hacia el oeste por caminos del interior que dejaban a su derecha el pueblo. Los días claros, en los que el sol descendía rojo y brillante, entre los montes y los días grises, cuando su reflejo atravesaba la nube que lo ocultaba y cuando desaparecía y el crepúsculo vespertino se había consumado, regresaban a casa. Con frecuencia, se desviaban hacia el pueblo para visitar a sus amigos. Era el momento en que Juan había terminado su consulta y la llegada de Daniel y Teresa marcaba el comienzo del descanso. Dentro de la casa o en el jardín, se instalaban a charlar y las copas reconfortantes del final del día estimulaban su conversación y añadían un calor nuevo a la amistad recobrada de los hombres y recién estrenada por Teresa y Lucía.

Desde el principio Teresa se sintió protegida por Lucía. No sólo porque fuera algunos años mayor sino porque todo en ella emanaba solicitud, y un cuidado amoroso que Teresa sólo recordaba haber recibido en la infancia. Lucía le traía en el momento oportuno el chal necesario para protegerla de la humedad que empezaba a desprenderse de la noche. Le preparaba las comidas que le gustaban.

Lucía cocinaba con fervor. Se concentraba en cada fase del asado, el guiso, el postre. Vigilaba con interés apasionado la elaboración de los platos mientras pensaba en cada uno de los destinatarios y el resultado era digno de esa pasión. Creaba a su alrededor un clima confortable y sedante que alcanzaba a todos.

—Y sin embargo, no es una mujer limitada a esas labores del hogar. Puedes hablar con ella de todo y es el ser más crítico e informado que puedas imaginar —le dijo Daniel después del primer encuentro.

Teresa estaba de acuerdo. Entre las dos mujeres se estableció en seguida una corriente de simpatía y confianza.

Un día en que Daniel había acompañado a Juan a hacer una visita urgente, Lucía, expresiva y sincera, confesó:

—Tengo que decirte que estamos muy contentos con este giro que ha dado la vida de Daniel. Creo que eres la mujer que él necesitaba... Sólo conocí a Berta el día de su boda y ya entonces me pareció una elección equivocada. Ella, el ambiente, la familia... Aunque nos vemos poco, sabemos que Daniel no era feliz con Berta.

Teresa escuchaba en silencio y, al fin, contestó.

—Gracias por tu buena opinión de mí, Lucía. Pero Daniel no ha dado un giro en su vida. Él no ha dejado a Berta y me temo que no va a hacerlo nunca. Estoy convencida de que lo que tú percibes es cierto. Y también creo que lo nuestro podía salir razonablemente bien, pero tengo miedo. No puedo ocultártelo...

Una sombra de tristeza había nublado el rostro de Teresa, la alusión a Berta y al error de Daniel había puesto de relieve una situación que ella analizaba a solas y que unas veces la torturaba y otras trataba de sepultar bajo el manto jubiloso de un instante de dicha.

Una noche, Teresa oyó pasos en la buhardilla. Pasos rápidos y menudos. Alguien correteaba sobre la madera. Teresa tuvo una sensación de miedo. ¿Había alguien allí? ¿Un animal? ¿Qué clase de animal? Los pasos repiqueteaban. Pero eran pasos de varios personajes. Iban y venían. Se cruzaban sobre su cabeza. No quería despertar a Daniel que dormía plácidamente. Al amanecer cesaron las carreras y Teresa se durmió.

Germán, el hijo pequeño de Juan y Lucía, se echó a reír cuando se lo contó.

—Son búhos. Hay una familia allí —dijo señalando un árbol del jardín—. Fíjate y los verás salir volando de vez en cuando, al anochecer. Entran en el desván por la ventana.

Teresa se sorprendió.

—¿Búhos? De ellos no habló aquel amigo de tu padre, un ornitólogo que al parecer descubrió veinte especies distintas en este jardín...

—Una vez —le explicó Germán— tuve un búho herido en el cobertizo de casa, donde están la segadora y los rastrillos, ya sabes... Le curaba todos los días un ala desgarrada. Cuando estuvo bien se despidió del cobertizo y volvió a su árbol. Pero a veces regresa de visita. Encontré más de una vez plumas alrededor del columpio que yo le había colocado...

Desde entonces, los pasos apresurados de los búhos sobre su cabeza fueron para Teresa una compañía divertida y amiga.

Germán era un chico encantador. La ayudaba a buscar conchas en la playa, la invitaba a un paseo por el bosque, le decía los nombres de los árboles, los arbustos, las flores. A cada momento preguntaba: «¿Tenéis esto en América?». Teresa reía divertida.

Allí, en contacto con la naturaleza, la montaña, los bosques, los pájaros, la presencia de un Germán espontáneo y cariñoso, lleno de vida, le había hecho sentir envidia de Lucía. Por primera vez se había preguntado con un ramalazo de amargura: «¿Me he equivocado al no tener un hijo?».

Luego, la reflexión se impuso con inequívoca claridad.

—¿Un hijo de Robert? ¿Un fracaso más?

Un hijo de Daniel hubiera sido distinto. Pero era tarde para planteamientos arriesgados. «Es cierto que cada vez son más las mujeres que tienen hijos a mi edad», se decía. «Pero es tarde para las locuras. Tarde para Daniel y para mí...»

A través de Germán se imaginaba la infancia de Daniel. Le fascinaban los recuerdos frescos de Daniel que brotaban a cada instante en las conversaciones nostálgicas o humorísticas de los dos amigos. Un día, dijo Daniel dirigiéndose a Juan:

—¿Te acuerdas del chalet que luego derribaron? Uno que estaba a un kilómetro del pueblo. Lo ocupaba un general. Decían que lo había requisado porque el verdadero dueño estaba en el exilio... Bien —explicó a las mujeres—. Pues un día decidimos explorar el chalet famoso. Era invierno y el general sólo venía en verano.. Y allí nos tenéis a Juan y a mí, unas Navidades, asaltando la casa del general. Pasamos mucho miedo. Creo que esperábamos encontrar cañones en el sótano y sólo había ratones...

Entonces intervino Lucía para aclarar.

—Allí estuvo después el albergue de la Sección Femenina. Quiero decir el que tenía la Sección Femenina para que las estudiantes de la Universidad de Oviedo hicieran el Servicio Social obligatorio durante el verano. Un privilegio para las universitarias porque las demás lo tenían que hacer durante todo el año en hospitales, orfanatos, etcétera. ¿Sabes —explicó a Teresa— que no podías tener un pasaporte, por ejemplo, si no habías hecho el Servicio Social? Las casadas estaban exentas. Todas las demás lo hacían. Y para todas, el común denominador era mucha «formación del espíritu nacional», muchas clases de cocina, y mucho aprender a coser y a hacer canastillas. ¡Ah! Y también canciones populares y gimnasia... ¡Qué tiempos!

Insensiblemente habían pasado a la política. Juan tenía ideas claramente socialistas. No era militante pero se sentía cercano a los supuestos de un partido que había sido el de su padre. Teresa habló de su vida de niña exiliada.

—Muchas veces pienso que he perdido mi infancia española.

Pero por otra parte, comprendía las razones del padre. Y en el fondo le agradecía que le hubiera evitado vivir su juventud en una dictadura.

—Una dictadura masacra a varias generaciones. Transmite el virus de la enfermedad genéticamente...

Daniel se defendió.

—No estoy de acuerdo. Cuando empiezas a pensar por tu cuenta, la dictadura se convierte en un ejemplo de lo que no quieres vivir. Y desarrollas posturas tajantes que quizá nunca hubieras desarrollado en una democracia.

Teresa no estaba de acuerdo.

—Tú y todos vosotros, las gentes de vuestra generación habéis vivido, respirado y estudiado en la atmósfera del franquismo. Tenéis la huella que dejan los climas extremados, el sol o la lluvia. Es una influencia física. Aunque con la cabeza el proceso vaya de otra manera... Sé sincero, Daniel. Tú me has dicho que fuiste a un colegio religioso por iniciativa de tu madre y tolerancia de tu padre. ¿Crees que no te ha quedado nada de esa educación? Tu abuelo era republicano. ¿Y qué le quedó a tu padre? La misma historia que a ti, la influencia de la madre, tu abuela. Ya son tres generaciones de mujeres en tu familia que educan a la manera tradicional. La tuya es la tercera. ¿Cómo puedes decir que has evolucionado por tu cuenta y que a los catorce años ya no ibas a misa? ¿Y tus hijos, educados también en colegios religiosos, han dejado ya de ir a misa?

Daniel callaba. Teresa se daba cuenta de que se había excedido en su crítica y además había creado una situación incómoda con Juan y Lucía. Los amigos consiguieron suavizar el duelo. Finalmente todo se disolvió en humor. Cambiaron de tema y Juan le dijo a Daniel:

—¿Nos vamos de pesca mañana muy temprano? Con Luisón, el hijo de aquel pescador que quería tanto a tu padre. Roque se llamaba. ¿Te acuerdas?

Teresa se había despertado a la misma hora en que Daniel trataba de deslizarse silencioso fuera de la cama para ir al encuentro de Juan y su proyectada excursión marina. Teresa le atrajo hacia sí y con los ojos cerrados le besó con ternura.

—Por favor, no naufragues...

—Lo intentaré —dijo Daniel. Y añadió—: Aunque ya sabes que se me dan muy bien los naufragios...

La luz diurna era escasa todavía, pero Teresa se asomó a la ventana y pudo ver la sombra de Daniel dirigiéndose al camino del pueblo, que discurría paralelo al mar.

Volvió a la cama y apagó la luz. Intentó dormirse de nuevo pero fue inútil. Alcanzó de la me-

silla el libro que estaba leyendo. No llegó a abrir-
lo porque acudieron a su mente las imágenes de la
noche anterior, en casa de Juan y Lucía, la discusión política, su estúpida exaltación acerca de la
dictadura. «Es verdad lo que dije —se justificó—
pero era inoportuno atacar así a Daniel y por
aproximación a Juan: "Tú y todos vosotros, las
gentes de vuestra generación..."». Le pareció,
ahora, después del sueño precedido por una re-
conciliación apasionada con Daniel, una salida de
tono impertinente y fuera de lugar.

Lucía, con su habitual serenidad, había contribuido a borrar el mal efecto de la discusión y al
despedirse la había invitado a almorzar, «las dos
solas. Porque Germán tiene otros planes. Se va de
romería con los chicos del pueblo a una ermita
que hay al otro lado de ese monte...».

Apagó la luz y trató de pensar en algo diferente. Por ejemplo, hacer un análisis ordenado y pre-
ciso de las etapas que habían atravesado Daniel y
ella durante el año escaso transcurrido desde su
primer encuentro. Como en una película, ordenaba secuencias. Volvía atrás cuando se confundía,
colocaba en su sitio cada paso adelante, cada re-
troceso. Desde el primer día, desde la fiesta de
Bernard que tenía grabada a fuego en el recuerdo,
hasta este amanecer gris y templado de la costa
cantábrica.

Lentamente, el sueño volvió a adueñarse de su
conciencia y lo último que archivó en su recorrido
sentimental fue una escena de Menorca: un barco

blanco con un helicóptero azul en la cubierta. Un insecto gigante azul marino... Nada que ver con el barco que en este momento esperaba a Daniel, con Juan a bordo dispuesto ya a ayudar a Luisón en las maniobras necesarias para salir de la estrecha bocana del puertecito pesquero.

Habían salido temprano. Todavía la noche oscurecía la tierra y la mar estaba lisa y brillante como una plancha de latón negro. Navegaban hacia el oeste, hacia los palangres que el día anterior el pescador había lanzado al agua, mientras Luisón les contaba historias de pesca y otras aventuras.

—Aquí cerca —explicaba— se tiraban al agua, cuando la guerra, los que querían escapar. Nadaban hasta donde aguantaban, pegados a la costa porque por tierra no había huida... Tenían a los guardias encima. En cuanto no podían más, se tiraban a tierra. Si había arena, bien. Si no, a ver si se agarraban a una roca un poco fácil... Muchos se ahogaron...

Cuando el sol salió con fuerza, las molestias del mal cuerpo, del madrugón y la humedad se desvanecieron. Recogieron la pesca enganchada en los anzuelos.

En una cesta, Juan había llevado bocadillos y una botella de vino y a media mañana almorzaron.

Regresaron pasado el mediodía, satisfechos y alegres. Cuando entraron por la estrecha bocana al puertecito, amarraron el barco y ayudaron a Luisón a trasladar las canastas de pescado. La tarde estaba serena. El mar y el cielo profundamente azules se confundían en el horizonte. Subieron por las escaleras de piedra, verdes de musgo, oscurecidas por una humedad de siglos. Arriba, en lo alto del acantilado, Daniel se detuvo y miró abajo, al cerrado refugio del puerto donde los barcos se balanceaban suavemente. Las casas de los pescadores se arracimaban en las calles estrechas.

—Ha sido una excursión maravillosa —dijo Daniel.

Avanzaron por la calle principal del puerto donde estaban los comercios, los edificios públicos, la iglesia.

—¿Nos tomamos una cerveza? —propuso Juan.

Daniel asintió y cuando se instalaron en una esquina de la barra del bar, vacío y somnoliento a aquella hora, Juan empezó a hablar.

—Tu viaje a Estados Unidos ha estado muy bien, ¿verdad? Supongo que para ti fue interesante pasar allí unos meses, conocer gente nueva, vivir dentro de un recinto universitario. Esa especie de oasis debe de ser lo mejor del país...

Daniel asintió.

—Muy interesante, desde luego —dijo—.

Pero la vuelta es dura. Te encuentras con las mismas situaciones que dejaste. La misma gente, quejándose de todo y, a la vez, creyéndose el centro del mundo. Por lo menos en mi carrera, no sé en la tuya...

—Imagínate en la mía... con el dinero que hace falta para investigación. No sé si sabes que yo, antes de casarme, estuve a punto de irme con una beca a Kansas. Un amigo y compañero mío me animaba mucho a pedirla. A él se la dieron y sigue allí. Se ha quedado en el hospital de Veteranos de Topeka. Yo no me decidí. Estábamos a punto de casarnos y Lucía no quería oír hablar de irse. Con su madre enferma y ella era hija única, ya sabes. Además, Lucía siempre ha tenido miedo al desarraigo. Piensa que es mejor para los hijos crecer en su país y salir más adelante, cuando sean mayores. Lo pensaba ya entonces cuando los niños no habían nacido. Recordarás que en su familia, cuando la guerra, hubo mucho exilio con consecuencias dolorosas... Bueno, pues yo no me he sacado esa espina. Tengo la impresión de que me he perdido algo importante, que he desarrollado poco mi experiencia profesional. Haberme ido unos años por lo menos... Luego decidimos quedarnos aquí, y creo que Lucía tiene razón. Nuestros hijos han sido muy felices. Tienen Oviedo para hacer las carreras y después... ya veremos. Para mí, antes incluso que mis hijos, está Lucía. Tenemos las mismas aficiones, nos gusta el pueblo y el mar. Ayudamos lo que podemos a la gente...

Leemos, paseamos, oímos música. También hacemos un viaje anual fuera de España.. y somos, dentro de lo limitado y frágil que es el término, felices...

Daniel estaba convencido de que era cierto. Era suficiente verlos juntos, contemplar la perfecta coordinación de sus movimientos, sus opiniones, sus gustos. Discutían, sí, pero como discuten los amigos, defendiendo sus puntos de vista con pasión y con respeto. Aclarando, en la discusión, las posturas individuales, en un juego dialéctico estimulante.

—Mi caso es muy distinto —dijo Daniel.

—Ya lo sé —asintió Juan—. Desde que conocí a Berta intuí que no era la mujer que necesitabas para acompañarte por la vida. Demasiadas diferencias, demasiada lejanía. Y eso, cuando pasan los meses y los años, se nota y no se puede soportar... Perdona, pero yo con Teresa te veo tan encajado. Y tan embelesado... Hasta me pareces más joven. Como si estuvieras empezando otra vez la vida, como al terminar la carrera cuando se inicia el rumbo que va a marcar nuestros pasos...

Daniel callaba.

—Dime algo, por favor —pidió Juan—. Aunque sea un reproche, por meterme en lo que no debo... Pero recuerda que estamos cerca de cumplir los cincuenta. Cuarenta y ocho tenemos los dos, ¿no? Y a los cincuenta es difícil recuperarse de una elección equivocada, volver a encontrar la senda perdida, empezar de nuevo. Si crees que tengo razón no dejes pasar la oportunidad...

Daniel seguía silencioso. Las palabras de Juan no parecían irritarle ni inquietarle. Pero no contestó a su discurso.

Sólo al terminar la copa y hacer un gesto de despedida, le dio un abrazo fuerte y conmovido, pero sin palabras.

Cuando entró en casa, Daniel se limitó a advertir su presencia con un golpe breve en la puerta de la salita donde trabajaba Teresa. Esperó unos instantes pero no hubo respuesta. Abrió la puerta y no había nadie. Seguramente estaba aún en la playa esperándole. En la cocina no estaba María ni había señales de que se hubiera preparado comida. De pronto recordó que en algún momento de la tarde anterior Lucía había dicho:

—Vente a comer conmigo. Estoy sola. Germán se va a una romería...

Atravesó el pasillo que comunicaba las dos alas de la casa y, cruzando el vestíbulo de la entrada principal, salió al parque. Se detuvo un instante ante el macizo de zinnias y lobelias y al llegar al estanque cubierto por una capa de lentejas de agua, jugó a apartarlas con un palo y adivinó la rápida huida de unos peces asustados. Peces rojos, dorados, gris plateado que el nieto de Fermín había depositado meses atrás.

El sol, momentos antes resplandeciente, se había ocultado y una nube gris se adueñó del trozo de cielo visible. Un escalofrío sacudió a Daniel y abatió su ánimo, ligero unos momentos antes, con el peso de una angustia inesperada... La presencia de Teresa era un alivio para sus repentinos estados de depresión. Con ella era feliz en esta casa, en este jardín impregnado de recuerdos de su infancia. Los momentos de contento colmaban los días y las noches. Sólo el recuerdo de Berta y de sus hijos le asaltaba a veces, mucho más como un aldabonazo moral que como una nostalgia teñida de afecto. Por otra parte, al contemplar la actividad constante y ordenada de Teresa, sus vacaciones le parecían inútiles y mal aprovechadas. El libro avanzaba lentamente. Se enfrentaba a un cúmulo de fichas reunidas en la Universidad americana cuando animado por Teresa decidió continuar investigando sobre Juan Ramón Jiménez y convertir en libro varias conferencias y artículos sobre el poeta. La organización de todo el material seleccionado requería el tiempo y la tranquilidad que había imaginado encontrar en aquel retiro tantas veces añorado. Sin embargo era Teresa quien había encontrado en ese lugar unas horas de trabajo cada día. Ella no se inmiscuía en su empleo del tiempo pero era él quien se torturaba ante su pasividad, su distraído vagar de un lado a otro, sin decidirse a organizar con rigor un plan de trabajo y ocio paralelo al de Teresa.

Tenía que regresar al entusiasmo de etapas anteriores, cuando recién ganada la cátedra proyectaba una vida intensa de investigación en torno a grandes poetas contemporáneos. Luego, la inmersión en la rutina de la enseñanza universitaria, la insatisfacción de su vida matrimonial, todo había contribuido a sumirle en un estado de inacción e indolencia del que era consciente y esa consciencia sólo se traducía en autocompasión y un complaciente victimismo.

En cuanto a su poesía, su gran inclinación juvenil que le llevó a escribir un libro, el impulso que Teresa había creído despertar de nuevo, con su valoración... La poesía pertenecía al pasado. Nada en él vibraba con la búsqueda, en el torbellino de su mente, de las palabras que podían traducir lo imaginado, lo sentido, lo percibido a través de intuiciones inexplicables.

Aquí, en este parque, había escrito sus primeros versos. Todavía podía recitar de memoria un poema que su profesor de Literatura en el instituto había alabado mucho. Recordaba perfectamente el día en que lo había escrito. Un día gris, un momento gris, un estado de melancolía especial ante el final del verano. Contemplando el espléndido castaño que daba sombra a unos metros de la casa, el poema había brotado con naturalidad, casi sin saber cómo y expresaba milagrosamente lo que el adolescente que él era sentía en ese momento.

Para vivir elijo el árbol.
En la rama más alta
haré crecer mi nido,
cerca del cielo de los libres.
Volaré hasta las nubes
y observaré en el suelo
las jaulas de latón o de madera,
de oro o plata, apiñadas
en torno al poderoso tronco.
Hundiendo sus raíces un poco cada día
bajo el peso de inútiles tesoros.
Hasta llegar a las oscuras entrañas de la tierra...

Aquel poema que había surgido en su recuerdo con absoluta nitidez aumentó la creciente angustia, el vacío irremediable que le había acosado momentos antes. ¿Se había deslizado él a ras del suelo, en algún punto olvidado de su camino? ¿Se había hundido para siempre bajo el peso de sus «inútiles tesoros adquiridos»? Miró hacia arriba, hacia la copa del espléndido castaño. No había nidos en él, no había refugios en lo alto desde los que saltar, libre, a las nubes.

—¿Daniel? —se oyó la voz interrogante de Teresa. Sobresaltado, Daniel abandonó la sombra protectora del árbol, se alejó del estanque verde y salió al camino diciendo:

—Estoy aquí...

La nube que un rato antes había eclipsado el sol abandonó su posición y navegó cielo adelante, hacia el sur. El sol volvió a brillar con fuerza. Teresa se acercó sonriente y cogiendo las manos de Daniel dijo: «Ahora mismo bajaremos a darnos un baño. La tarde está maravillosa... Y después, cuando subamos, te leeré algo de lo que voy viendo claro en el capítulo que tengo entre manos...».

Daniel respiró hondo. La bruma se había disipado. Con el sol y la aparición de Teresa y el recuerdo del poema lejano, sobrevino la alegre recuperación del verano.

—Estaba deseando verte —dijo Teresa mientras se secaba el pelo en el cuarto de baño. Se miraba en el espejo a la vez que hablaba y la contemplación de su rostro moreno, y de sus ojos chispeantes de alegría, aumentó su bienestar, el gozo prolongado del baño—. Estaba deseando verte —repitió— para leerte lo que acabo de escribir y que curiosamente coincide con algo de lo que hablé este mediodía con Lucía... Me encanta hablar con mujeres. Son tan comunicativas y tan explícitas cuando se trata de los sentimientos...

En el jardín las tórtolas transmitían mensajes de amor en su morse particular.

—Me gusta oírlas —dijo Teresa—. No cambian ni un instante de ritmo. Dicen siempre lo mismo. Así no hay dudas ni confusiones en su comunicación. Parece que dicen: «Te-quiero-sí, te-quiero-sí».

Daniel se echó a reír.

—Estoy esperando tu lectura. Ese fragmento tan interesante... —dijo, y Teresa fue a buscar su carpeta, se instaló al lado de Daniel en una de las sillas de hierro que rodeaban la mesa de cristal, y buscó un folio donde le señaló el fragmento que le interesaba comentar.

—Léelo tú —dijo.

Mientras él leía, miró a su alrededor. Era un rincón en el que nunca se instalaban. «Hay tantos rincones deliciosos», pensó. Desde allí contemplaba los macizos de hortensias azul porcelana, rosa pastel que cubrían el frente de la casa, a los dos lados de la escalera. Las flores con el gris de la piedra, el verde del césped, el cielo cubierto en ese instante de nubes blanquecinas creaban un ambiente intemporal de prodigiosa belleza. Teresa se sintió suspendida en el tiempo. «Si me hubieran depositado aquí, durante el sueño, no sabría si el viaje había sido en este siglo o en el pasado...»

Daniel leía:

«En la mayoría de las parejas "iguales", en el sentido de dos personas dedicadas a la misma actividad profesional en un nivel alto, la relación está siempre llena de escollos. Y la mayoría de las veces esos escollos dependen de la no aceptación por parte del hombre de la mujer "superior", igual a él. Es curioso que esto ocurre hasta en los casos de un gran amor. Un amor total. Y la misma forma de ver la vida, partiendo de los mismos supuestos.

»Pero la valoración igual de la obra de los dos, la apreciación pública de un alto nivel de calidad, interés y trascendencia en la obra de la mujer despierta en el hombre recelos y perturba su propio trabajo. Sin embargo, la valoración que la mujer siente por la obra de su pareja suele ser generosa y libre. Rara vez la compara con la propia y la acepta con admiración y placer.

»En resumen, la pareja "superior" puede funcionar si la mujer excepcional no deja plasmada en una obra su talento, no alcanza en su profesión el máximo desarrollo y el reconocimiento público. Es decir, NO DESTACA.»

—Está muy bien —dijo—. Y estoy seguro de que lo que dices es cierto en muchos casos. No siempre, por supuesto. Pero eso es materia de discusión. Lo que me sorprende es la advertencia de que esto tiene que ver con las confidencias de Lucía. No lo entiendo. ¿Qué tiene que ver Lucía con una mujer profesional destacada?

Teresa sonrió.

—Estaba segura de que no lo entenderías. Porque para ti Lucía es una mujer extraordinaria... porque ha renunciado, en favor de su familia y sobre todo del marido, a una vida profesional propia. ¿No te das cuenta de que ella no sería tan maravillosa a los ojos de todos nosotros si tuviera un puesto de médico y sus horarios, su vida, su lucha fuera la misma que la de un hombre? Lucía me ha hecho una confidencia. «Cuando vienen de visita antiguas compañeras que trabajan en la ciudad o han salido fuera de España a ampliar sus estudios —me contaba— me miran con cierta conmiseración por mi renuncia. La verdad es que fue una elección libre. Juan nunca me influyó aunque yo estoy segura de que mi decisión le pareció perfecta. Nos comprendemos, nos sentimos muy identificados... Y además de un ama de casa eficaz y una madre entregada a sus hijos, tiene en mí una ayudante cualificada. Puede hablar conmigo de todos los casos y a la vez soy su secretaria. Lo único que le reprocho a Juan es que él me dejara abandonar mi carrera, que no me hubiera animado a seguir por encima de todo trabajando en medicina de modo independiente. No me hubiera influido para que nos quedáramos en Oviedo o en otra ciudad y trabajáramos los dos en un hospital donde hubiéramos podido hacer algo de investigación, publicar algún trabajo... ya sabes.»

—Ahora dime, Daniel, ¿qué habría ocurrido en ese caso con su relación de pareja? ¿Sería tan perfecta? Si ella hubiera tenido un puesto y un horario de médico y su vida, su lucha fuera la misma que la de un hombre, me cuesta creer que fuera la deliciosa Lucía de hoy, invitando a sus amigos a cenar, cocinando de maravilla, preparando mesas alegres, con manteles de colores y centros de frutas o flores. Y lo que es más importante, estaría buscando enloquecida unas horas cada día para poder ocuparse de sus hijos... ¿Qué pasaría entonces entre los dos en cuanto pareja?

Daniel recordó la confidencia de Juan aquel mismo día y le pareció que añadía matices al retrato de pareja que Teresa planteaba. Pero ella no conocía la mitad de la historia. La renuncia de Juan a una estancia en América para aprender más, para vivir una experiencia nueva y asomarse a los proyectos de investigación que allí se hacen. Entonces, había sido Lucía la que impidió a su pareja realizar un sueño profesional. Fue ella, quizá respondiendo a sus impulsos de mujer y madre, quien prefirió no marcharse, no someter a sus hijos a un cambio perturbador y, entre paréntesis, negarles a ellos también la oportunidad de conocer otros mundos...

Daniel aceptaba las quejas de Lucía, las posibles insatisfacciones de su vida profesional truncada. Pero no sería él quien traicionara a Juan, revelando a Lucía ni siquiera a Teresa su inesperada confesión. Al final, era fácil advertir que todo daba igual. No hay fórmula perfecta para las vidas de nadie. Desde luego, para las vidas de las parejas...

Lo que Daniel no sabía es que las confesiones de Lucía habían sido más largas. Y Teresa había renunciado a decírselo todo, porque también pensaba que de algún modo traicionaba lo más significativo: la confianza de su nueva amiga.

—Teresa —había añadido Lucía al final de la confidencia—, fui yo la que elegí mi destino. De eso no hay duda. Insisto, la responsabilidad es toda mía. Cada vez dudo más de mi acierto o desacierto. Aunque a estas alturas de nuestra vida tengo la obligación de valorar lo positivo y no cargar las tintas en lo negativo. Pero tengo que aceptar la limitación de esta elección. Inviernos largos, aislados en casa días y días. Los hijos en la universidad. Queda el pequeño que se irá en un par de años. Tengo cuarenta y cuatro años. Lo mejor de la vida. ¿Y qué hago?... Perdóname por estas lamentaciones. Sólo son ataques de nostalgia de lo que no se ha vivido. Al verte a ti, por ejemplo, con una vida tan rica, tan llena de cosas. Viviendo en una gran ciudad. Escribiendo, conociendo a gentes interesantes...

Teresa trató de rebatir su miedo a haberse equivocado.

—No creas en las soluciones brillantes. No existen. Yo creo que has hecho bien al decidirte por esta vida. Puedes disfrutar, por tu formación, de los bienes de la cultura. Puedes hablar con tu marido de la profesión que compartís. Y puedes ayudarle en sus inquietudes y problemas profesionales. Tienes unos hijos maravillosos. Nunca estás sola. Yo vivo en una ciudad de millones de habitantes, tengo muchos amigos, muchos conocidos pero, cuando llego a mi piso maravilloso sobre el río Hudson, estoy sola. Esperando que Daniel me llame unos minutos al día y temiendo que un día deje de llamar...

El verano avanzaba y Teresa tenía la sensación de vivir flotando en el espacio, en un espacio nuevo y diferente en el que ella y Daniel eran protagonistas. Una vez más el escenario era la clave para la relación con Daniel. Pero ella sabía que no sólo era la belleza del lugar lo que influía en su estado de ánimo, en su alegría de vivir y estar juntos, sino el hecho fundamental de estar lejos de sus conflictos. Berta, la cobardía, el miedo, la culpa. Los hijos, la contradicción, el deseo de verles felices, de trabajar para ellos, de ganarse su afecto y a la vez la conciencia de su descuido, de su lejanía. Teresa estaba segura de que Daniel nunca había tomado una decisión importante acerca de los hijos. Era Berta quien había ocupado el papel único de responsable de su educación y sus necesidades inmediatas. Daniel sabía que él era simplemente el gran proveedor, el cazador que regresaba a casa con la presa que alimentaría a la familia. Pero eso no aliviaba su responsabilidad sino que la aumentaba y era un motivo más de incomodidad moral.

Con frecuencia Teresa sentía tentaciones fugaces de quedarse en aquel lugar para siempre. «¿Por qué no?», se decía. A veces es necesario cortar con el pasado, romper lazos, renacer. Recordaba a los hippies de los años sesenta. Hijos de millonarios; poetas y artistas huyendo de la opresiva «pesadilla de aire acondicionado» que era para ellos Estados Unidos. Rebeldías juveniles, anhelos de cambiar su propia vida. Pero ¿dónde estaba ahora la mayoría de aquellos vagabundos? La suya no era, por supuesto, una tentación de huida radical. Ella quería trabajar en un lugar tranquilo, escribir, leer, reflexionar. Para regresar, por temporadas, a la gran ciudad. ¿Y Daniel? ¿No sería su renuncia definitiva a la vida universitaria el camino para regresar a la poesía? Un sueño ocupaba los desvelos nocturnos de Teresa, sus reposos después del baño en el mar, tendida sobre la arena en la pequeña playa casi privada aislada de todo lo que no fuera el rumor de las olas. O al anochecer ante la chimenea encendida en las noches repentinamente frescas del verano. Mozart, los tangos, Bach, el jazz, la ópera, el folk, el flamenco... Una variada catarata de música según el estado de ánimo, de acuerdo con el último momento vivido. Una vida, natural por una parte y de una intensa concentración en un trabajo intelectual por otra. Y la presencia permanente de un Daniel tierno y solícito, satisfecho de sí mismo y de la vida nueva que había elegido... Era sólo un espejismo. Duraba minutos. Y Teresa recuperaba con rapidez la consciencia. Nunca, desde la adolescencia, se había entregado a ensoñaciones tan fantásticas. Ellos, los dos, necesitaban la realidad y sus exigencias. Sólo en alguna ocasión, la confirmación de unas horas perfectas, recién vividas, les llevaba a divagar juntos. Daniel participaba del espejismo de Teresa.

—Todo lo que dices sería maravilloso —afirmaba Daniel—, como intentar colonizar la luna.

Luego recapacitaba:

—Pero es imposible... Además, a ti te aburriría la rutina...

—Te equivocas —replicó tajante Teresa—. No puedo vivir en el desorden. Necesito la rutina. Lo que yo entiendo por rutina da sentido a la vida. La rutina puede ser salvar cada día una vida en un quirófano, orientar cada día a un desnortado, escalar una cima cada jornada. La rutina es en definitiva vivir en la propia «ruta», en el camino que has elegido sin desviarte de él. La rutina sólo es negativa cuando la actividad que marca nuestra vida es anodina, vulgar, inútil...

Estaban sentados en la terraza de la fachada posterior, después del almuerzo. El mar se veía a lo lejos. Una raya azul más allá del acantilado. Teresa dijo, después de un largo silencio:

—Tienes toda la razón, es imposible. Yo pertenezco a Nueva York. Necesito la gran ciudad. La gente, la variedad de estímulos inteligentes. El contacto con los demás, llenos de dudas, a la búsqueda de un acierto, protestando, luchando. Necesito también la vida social... Este lugar es extraordinario, es perfecto para descansar de todo eso. Para detenerse a reflexionar y llegar a la conclusión de que el cansancio, la causa o el lugar que producen el cansancio son necesarios...

Los dos callaban. «Además —se dijo Teresa—, es absurdo emplear la palabra futuro. El futuro no existe. Todo en mi vida es pasado. Este instante único. Estos púrpuras regios de las uvas en el frutero, los amarillos de las peras. El verde y el rojo vivo de las manzanas. El sol en la línea azul del horizonte. En un instante todo será pasado. Un pasado cada vez más largo». Daniel se levantó en silencio. Se acercó a ella y apoyó las manos en el respaldo de su silla. Teresa se volvió a mirarle y vio en su rostro la sonrisa de los momentos perfectos. Cerró los ojos para retener su imagen un segundo.

Cuando los abrió el sol se había escondido tras una nube. Daniel también se había ido. Había desaparecido en el interior de la casa. «Todo esto —se dijo Teresa— ya es pasado.»

Solos o con Juan y Lucía vivían horas inesperadas, minutos inasibles, perfectos y redondos como un fruto maduro. Teresa se refugiaba en la esperanza de que su relación con Daniel se consolidara y se convirtiera, a pesar de las dificultades, en la razón de su existencia. Era un sentimiento compartido con Daniel, expresado con palabras fervorosas, en la exaltación del encuentro amoroso, en la voluptuosidad de la entrega perfecta.

A veces despertaba bruscamente de los inflamados entusiasmos y una sombra de melancolía teñía la alegría del verano, que se consumía lentamente.

«Tenía el poder de dar y recibir, de cuidar y ser cuidada.» La cita sobre George Sand fascinaba a Teresa. «¿No es ésa —se preguntaba— la actitud perfecta de la pareja equilibrada?». La cita le servía para reforzar el contraste entre esa afirmación y la realidad de la pareja que le ocupaba en aquel momento. Una pareja en la que el hombre era cuidado, mimado hasta extremos asombrosos por su mujer que no podía permitirse un día de enfermedad o cansancio. Atenta siempre a las exigencias de ese marido cuya altura profesional era en parte debida a la perfecta colaboración con ella, que le ayudaba sin cesar descuidando sus propios trabajos.

«Las parejas. Qué extraña relación, la más vieja del mundo», se decía Teresa. Una relación todavía incompleta, injusta, torpe.

Las parejas entre iguales superiores.

«Tenemos escasa evidencia de la "historia" de matrimonios duraderos en los que tanto la mujer como el hombre tengan un papel público importante», decía Heilbrun...

Un balance desconsolador, un balance que podía aplicarse a parejas en las que no exista ese papel público relevante, pero que hayan alcanzado niveles paralelos en sus respectivas profesiones. Teresa pensaba en ejemplos de amigos, compañeros, conocidos. Cuando ella alcanzaba el estatus del marido, o a veces superior, las cosas empezaban a ir mal. ¿Era lo inteligente, por parte de la mujer, disimular, quitar importancia a sus éxitos para tranquilizar a un marido brillante, pero inmaduro, vulnerable y celoso, susceptible e inseguro?

«Para que las cosas vayan bien —oía decir Teresa— es mejor que la mujer se mantenga en un discreto segundo plano.» Lo decían mujeres profesionales, seguras de sí mismas, capaces de afrontar si fuera necesario la vida por sí solas sin ayuda de nadie. Mujeres con hijos. Mujeres que nunca renunciarían a la estabilidad familiar por un posible *sprint* que las colocara por delante del marido.

Y luego estaba la más desoladora de las situaciones: hombre brillante y mujer inútil, ignorante, exigente, que no valora a su marido más que en la medida en que él tenga éxito social y económico. Y sin embargo estos hombres víctimas viven y mueren atrapados en la convención del matrimonio. Bertas de todo el mundo, Bertas dominadoras, que aceptaban las aventuras de sus maridos siempre que él no renunciara a guardar las apariencias de normalidad y familia unida.

Teresa regresó a su trabajo con dificultad. Con frecuencia le abandonaba la objetividad, la fría constatación de los hechos, las conductas y sus causas. Y personalizaba los descubrimientos, las generalidades en amigos o personas cercanas. La pareja de Daniel y Berta interfería en lo que pretendía ser un razonamiento frío y justo. Muchas veces suspendía el trabajo por miedo a caer en lo que le parecía indigna utilización de las confidencias de Daniel en cuanto a su matrimonio.

A veces discutían sobre ese asunto. Casi siempre era Teresa la que iniciaba la discusión. Pocos días antes habían hablado de los hijos y Teresa estaba enardecida.

—De modo que para ti la paternidad obedece a un deseo vago de perpetuar una relación amorosa. También dices que al principio estabas enamorado de tu mujer. Que os casasteis muy jóvenes y en pocos años tú agotaste el interés sexual en una mujer que cada vez te parecía más vulgar. Así y todo tuviste un segundo hijo. ¿Para perpetuar el amor de acuerdo con tu teoría? Es entonces cuando empiezas a explorar el mundo de las jóvenes alumnas... ¿para encontrar nuevas experiencias sexuales? ¿Por vanidad? ¿Por un deseo de proteger, educar, guiar? El caso es que nunca deseaste prolongar esos amores cortos y apasionados con ninguna de ellas. Tú continuabas siempre con Berta...

Daniel escuchaba tranquilo, un poco melancólico. El chaparrón de reproches de Teresa parecía sorprenderle, quizás abrumarle un poco pero no replicaba. Teresa se iba irritando por momentos.

—Esto no es un juicio en el que necesitas defenderte. Pero por favor di algo, contesta algo, aclárame qué opinas, qué sientes, qué piensas. No puedo soportar ese hermetismo absurdo...

Estaban sentados en una roca mirando al mar. El sol todavía brillaba con fuerza. Habían decidido bajar a la playa y de modo casual había surgido el tema de la paternidad. Fue hablando de los hijos de Juan y Lucía, sobre todo de Germán.

—Los mayores también son estupendos. Este pequeño tiene sólo quince años... La pareja funciona muy bien. Yo creo que esta paternidad repetida es un deseo de perpetuar el amor.

Allí había empezado la discusión. Por el oeste, una nube blanca se acercaba y al alcanzar la playa era ya negra.

—Vámonos —dijo Daniel—, va a llover en cualquier momento.

Teresa se levantó en silencio. Dudó un instante y decidió abandonar las flores que había recogido al regresar del paseo, en una pradera cuajada de margaritas y nomeolvides.

Los días se sucedían entre claros y nubes pero el final de un verano suntuoso aumentaba la riqueza de las sensaciones.

El tiempo se iba a un ritmo equilibrado conducido por las horas del día. Amanecer, despertar del mundo. Las mañanas de trabajo. El baño irresistible del mediodía. El baño con el sol brillante arriba o con el cielo gris, templado, protector. El agua era siempre la misma, fresca y estimulante.

La carrera hacia las olas. El cuerpo atravesando la barrera de espuma, emergiendo alegre del ataque poderoso del agua.

Almuerzos informales. Descansos transformados en batallas gloriosas. Brazos que acercan y aprisionan, manos activas, ávidas bocas, pieles saladas. Y los cuerpos ágiles, libres, transfigurados, fuera de sí mismos. Los cuerpos insaciables y violentos, ensayando uniones nuevas, nuevos tactos. La fastuosa representación del amor mil veces repetida.

Por la tarde, cuando regresaban con paso lánguido de su peregrinación hacia un hermoso ocaso, se desplomaban en las hamacas del porche. Bebían y callaban. O hablaban y olvidaban el color de las copas abandonadas. Desvelaban secretos de sí mismos. Pequeños descubrimientos de la infancia. Seductores hallazgos de la adolescencia. Proyectos frustrados de la juventud. Y, siempre, al final, la duda, la desazón, el temor del mañana inmediato y el lejano futuro. Y algunas certezas. Teresa no dudaba de sus sentimientos hacia Daniel. Y tampoco de su decidido propósito de vivir con él. ¿Cómo y dónde? Ahí estaba la raíz del problema. Ella no exigía el matrimonio inmediato, la falsa seguridad del contrato matrimonial. Pero sí el divorcio de Daniel. En cuanto al «dónde», era difícil llegar a un acuerdo. La euforia del verano pasaba y la ilusión de vivir en el campo escribiendo, leyendo, era una ilusión adolescente. Teresa no se engañaba. No podría quedarse allí más que por temporadas. Una cosa tenía clara: no renunciaría a Nueva York. Después de una larga ausencia había regresado a su ciudad para siempre. ¿Podría arrastrar a esa ciudad a un Daniel inquieto con las nuevas expectativas que la etapa de gobierno socialista estaba despertando en los intelectuales?

—Hemos perdido muchos años en la atonía y la insuficiencia cultural. Ahora, todo será distinto. Irá cambiando poco a poco...

Se lo decía a Juan un día en que divagaban ambos sobre el futuro de España. Juan era escéptico.

—Me temo que el partido socialista está siendo débil en algunos aspectos. Por ejemplo, en la educación... Volvemos a lo de siempre. La educación tradicional. No se ha hecho una verdadera revolución ideológica en la educación... La Iglesia sigue pesando en la educación...

Daniel tenía esperanzas.

—Es muy cómodo decir eso, Juan. Pero tenemos que colaborar todos. Si nos inhibimos, si dejamos que las cosas se resuelvan sin crítica, sin lucha, ¿por qué nos quejamos? El intelectual tiene que comprometerse. En realidad todos los ciudadanos deben comprometerse en la parcela que les corresponde por su profesión...

En cuanto a Teresa, Daniel veía claro que el acuerdo entre ellos era escaso. Cada uno pretendía llevar al otro a su terreno. Y ese terreno era tan lejano uno de otro que difícilmente podrían acoplarse. ¿Veranos en Asturias, inviernos en Madrid y Nueva York, encuentros breves a lo largo del año?

Sin embargo no dudaba de su amor por Teresa. Había algo en ella fresco, libre, independiente, apasionado que le atraía poderosamente. Una relación física, unas respuestas sexuales perfectas. Una cercanía en la sensibilidad, la curiosidad intelectual, los gustos y las aficiones.

Pero él necesitaba vivir en Madrid. La Universidad, los encuentros, los proyectos políticos. Los viajes derivados de su condición de intelectual representativo.

«Nueva York es una tentación», se decía. «Pero es la ciudad de Teresa.» La gente interesante, los contactos a través de Beatrice con núcleos culturales atractivos. El glamour de los lugares, las leyendas, los mitos literarios de Nueva York... Muchas veces se preguntaba Daniel si estaba enamorado de Teresa o del mundo al que ella pertenecía.

Lo cierto es que hoy, ahora, eran dos seres libres en aquella casa frente al mar, en aquel lugar por el que paseaba una anciana con un perro, unos niños con una cesta para guardar conchas y cangrejos marinos que aparecían en lagos diminutos entre las rocas. Una nube inesperada oscureció momentáneamente el cielo sobre sus cabezas. Unas gotas de lluvia fina acariciaron con suavidad el porche. Recogieron apresuradamente los cojines y entraron al salón acristalado que adquirió en un instante el brillo y la transparencia de una inmensa pecera.

También les dominaba la poderosa sensación de estar en la cubierta de un barco sobre el océano, contemplando las olas que hacían desaparecer la playa y cuya espuma saltaba ya sobre las rocas que limitaban la pradera.

Teresa se hundió en uno de sus largos silencios. Desde la infancia había buscado fragmentos de tiempo para estar sola. Necesitaba el silencio para sumergirse en sus reflexiones. Silencio y reflexiones llenos de la presencia del otro, pero voluntariamente preservados en su inviolable intimidad.

Estaban en el jardín de Lucía y Juan, tomando un aperitivo antes del almuerzo. Era domingo, el último domingo de agosto.

—Por unos días no vais a conocer a los dos mayores —dijo Juan—. Estarán aquí a primeros de septiembre.

A lo largo del verano había hablado de ellos con frecuencia. Juan, el mayor, estudiaba Medicina y pasaba el verano en Burdeos.

—Con los primos —dijo Lucía—. Que viven allí desde la guerra...

—Pedro, el segundo, estudia Filología y está en Inglaterra haciendo un curso de inglés. Ése nos ha salido de Letras. Le encanta la literatura y escribe poesías. No te libras de que te las enseñe alguna vez, Daniel. Tú también escribías poesía, ¿verdad?

Daniel miró a Teresa que estaba distraída en ese momento ayudando a Germán a poner la mesa a la sombra de un frondoso árbol.

—Sí —asintió Daniel—. Hacía poesía. Pero hace mucho tiempo que no escribo más que prosa... Artículos, ensayos, ya sabes...

Era un almuerzo de despedida. Agosto llegaba a su fin y Daniel tenía que estar el día uno sin falta en Madrid.

—Estoy pendiente —explicó— de una entrevista en el Ministerio de Cultura. Me llamaron en julio para hablarme de un proyecto interesante y quedamos en hablar después de las vacaciones...

A Teresa le llegaba la voz cercana de Daniel y escuchaba a medias lo que decía. No quería intervenir en una conversación sobre planes y compromisos inmediatos que le afectaban irremediablemente. Ella también regresaría en pocos días a su país y a su trabajo. Otra vez la separación, la incertidumbre. Las llamadas telefónicas que la desazonaban y sin las cuales no podría vivir.

—El miércoles nos vamos —le había dicho a Lucía al llegar—. Yo me quedaré dos días más en Madrid y el fin de semana siguiente estaré ya en Nueva York...

La noche anterior habían hablado del futuro. Como siempre, Daniel se había mostrado cariñoso y solícito, y al mismo tiempo confuso y dubitativo.

—Dame tiempo, por favor, y tómatelo también tú. Cualquier decisión importante es grave...

Los argumentos de Teresa no lograban convencerle.

—Yo no puedo abandonar mi cátedra por un trabajo en Nueva York, así de pronto. Puedo informarme de la forma de conseguir una excedencia y por cuánto tiempo. No sé. Dame tiempo. Espera... Además, yo no soy libre como tú. Tengo detrás una familia que depende de mí...

—La mayoría de los divorciados la tienen. También ese problema lo podemos afrontar...

La sombra del divorcio volvía a aparecer como una amenaza sobre la cabeza de Daniel. Ella cambió de asunto y al final todo había quedado en el aire. Ahora, en presencia de Lucía y Juan, Teresa quería parecer tranquila, mostrarles sólo el lado hermoso del verano que había vivido con Daniel.

Hacía calor. Un calor denso y pesado de final de verano. Sentados a la mesa charlaban y reían, con la alegría de estar juntos. Rehuían la palabra despedida, las interrogaciones, las dudas. Teresa estaba proponiendo a todos un viaje a Nueva York en Navidad.

—¿Por qué no? Nueva York en Navidad es algo fabuloso. Y con un poco de suerte, nieva...

Cuando sonó el teléfono, Juan se levantó a atender la llamada.

—Una urgencia, seguro —dijo. Y miró al cielo que acababa de cubrirse de nubes.

Un trueno resonó en las montañas y Juan, ya de vuelta, tuvo que alzar la voz para decir.

—Es para ti, Daniel, tu cuñada —luego dio una breve orden a Germán—. ¿Te importa preparar el café?

Y cuando el chico desapareció hacia la casa, Juan se acercó a las dos mujeres y en voz baja les dijo:

—Un intento de suicidio de Berta. Se tomó unas pastillas. Está en el hospital, ya fuera de peligro...

Teresa inclinó la cabeza y se sujetó la frente con las manos. Lucía se acercó a ella, le acarició el pelo y dijo:

—No te preocupes y sobre todo no te sientas culpable. Todo el que quiere suicidarse lo consigue fácilmente. Esto es un chantaje...

Daniel regresó a la mesa demudado. Juan le sirvió una copa de coñac. Y le obligó a beberla.

—Tranquilidad —dijo.

—Es una pesadilla —murmuró Daniel—. Los niños... Y yo aquí —miró a Teresa y le advirtió—: Nos vamos mañana. Yo no puedo esperar ni un día más.

Precipitadamente recogieron la mesa y entraron en la casa cuando las primeras gotas violentas se desprendían en cascada de la nube y golpeaban, furiosas, la tierra.

Para salir en coche era necesario seguir la carretera estrecha, el camino que en su día hizo el abuelo, desde la casa, para enlazar con la carretera provincial a unos dos kilómetros.

Daniel sacó el coche del garaje y con la ayuda de Teresa se dedicó a colocar el equipaje. En la puerta, llorosa, estaba María recomendando.

—Mucho cuidado, Daniel, hijo, mucho cuidado...

Apareció Germán sofocado con una cesta en la que asomaban paquetes.

—De parte de mi madre... Chorizos y manzanas y unas botellas de sidra...

Teresa abrazó a los dos e hizo un esfuerzo para estar serena.

—Gracias, gracias por todo, María, Germán... Hasta muy pronto...

Se aferró a la promesa, con decisión, con furia y una suerte de irresistible desesperación.

Abrió la puerta con llave y entró directamente al dormitorio. En la penumbra, adivinó la figura de Berta en la cama. Estaba sentada, reclinada en varios cuadrantes. Se acercó a ella y a medida que se acostumbraba a la media luz, Daniel pudo apreciar la cara demacrada, las ojeras, el pelo descuidado recogido con una cinta hacia atrás.

Se acercó a ella y la besó en la mejilla fría. Berta no movió un músculo pero Daniel se dio cuenta de que estaba empezando a llorar. Las lágrimas se deslizaron por su cara impasible, inmóvil.

—¿Qué tal estás?

Y ella contestó.

—Fatal, ¿cómo quieres que esté? —y siguió llorando en silencio. Daniel trató de subir la persiana un poco para que la luz entrara en la habitación. Pero Berta se negó con un rotundo «no».

Tras un momento de silencio, inesperadamente, ella dijo:

—Si viviera mi padre no hubiéramos llegado a esto porque te habría roto la cara...

Daniel se levantó del borde de la cama donde había estado sentado y dijo:

—Has hecho una tontería y tú lo sabes. ¿Es que no piensas en tus hijos?

Ella se irguió de golpe, furiosa y gritó:

—Ya piensas tú por mí, ¿verdad? Has llamado tres veces en todo el verano... Pero bien tranquilo vivías sabiendo que los niños estaban conmigo...

Elisa, la hermana de Berta, llegó de la cocina con una taza de caldo. Miró a Daniel y no le saludó. Él dijo mirándola:

—Hola, Elisa, voy a deshacer mi equipaje, porque ésta es mi casa, ¿comprendes? Y éste es mi dormitorio. Voy a colocar aquí la ropa del verano y luego pasaré al baño a ducharme y a cambiarme. ¿Lo entiendes?

Elisa no contestó. Estaba ocupada en colocarle a Berta una servilleta y obligarla a continuación a tomar el caldo.

Cuando Daniel salió de la ducha, Elisa se había ido. Al poco tiempo, la puerta se abrió y apareció Javier.

—Ya estoy aquí —dijo en voz alta desde el vestíbulo.

Cuando entró en el dormitorio y vio a su padre se dirigió a él y le dio un beso rápido. Luego, se volvió a su madre y le preguntó:

—¿Qué tal?

Ella movió la cabeza a un lado y otro, sin palabras.

—Me encontré con Marta abajo. Sube en seguida. Le faltaba sólo lo que le pediste de la droguería... ¿Comerás aquí? —preguntó a su padre y Daniel asintió—. Luego vendrá la asistenta y lo preparará todo —añadió Javier.

Se hizo el silencio y Javier salió de la habitación murmurando algo acerca de su cuarto.

«Los dos solos», pensó Daniel. «Quizá sea así para siempre. Tenemos que hacernos a la idea. Solos, frente a frente sin dirigirnos la palabra. Y los chicos por ahí fuera, cada vez más lejos...»

Desde el cuarto piso del Palace, desde el salón de la suite que ocupaba, Teresa miró a la calle. La fuente de Neptuno, el Ritz enfrente. A la derecha, el Museo del Prado. «Un hermoso lugar para vivir —pensó Teresa—, una ciudad hermosa». Esperaba la llegada de Daniel. La había llamado por la tarde y le había prometido que iría a verla aquella noche, en cuanto pudiera, cuando sus hijos estuvieran en casa y dejara a Berta tranquila.

—Javier está muy bien —dijo—. Ha cambiado mucho este verano. Parece mayor, más seguro de sí mismo.

Al mediodía, cuando la dejó en el hotel le había prometido que la llamaría. Y así fue, dos horas más tarde.

—*¿Qué tal?* —preguntó Teresa.

Y un Daniel, en apariencia tranquilo, contestó.

—*Bien. Todo controlado. Sal por la tarde. Date una vuelta por la ciudad. Estás en un sitio estupendo... Iré a verte esta noche...*

Teresa se preguntó: «¿Desde dónde llamará? ¿Desde su casa? ¿Desde la calle?».

Esperaba su llegada con ansiedad. De este encuentro dependía lo que ella iba a hacer a continuación, quedarse algún día más o reservar cuanto antes un vuelo a Nueva York.

El calor en la calle era intenso. Se agradecía el aire acondicionado. Pensó en Nueva York, en el verano húmedo y agobiante de Nueva York. Había llamado a Beatrice. El contestador anunciaba: «*Estoy en Vermont. Regresaré en septiembre*».

En pocos días, el final del verano para casi todo. La vuelta a la realidad.

Desde los primeros tiempos de su amor, el regreso a la realidad de Teresa y Daniel se producía en forma de frases breves que encerraban un deseo de huida. «Es tarde ya. ¿Nos vamos?» o el categórico «Me voy» de uno de los dos, porque nunca, de común acuerdo, habían intentado vivir juntos. Desde entonces, siempre había flotado entre ellos el fantasma de las despedidas. Unas despedidas en las que la soledad se adueñaba de Teresa y la hundía en espacios vacíos.

En cuanto a Daniel, lo sabía, se lo había confesado en momentos de sinceridad, la despedida le sumergía en una orfandad total. Pero ni siquiera en esos momentos en que la conciencia de su cobardía se le hacía evidente, era capaz de imaginar qué ocurriría si él dijera un día: «Estoy decidido, me quedo contigo». Porque el teléfono sonaba, antes o después, y le alcanzaba como una tempestad. Amenazante y ruidosa, irrumpía la voz de Berta:

—¿Qué haces? ¿Con quién estás? Llevo llamándote horas... Los niños, como siempre. Es difícil que vayan bien sin un padre cerca...

Y luego alguna referencia al dinero. El dinero surgía siempre en las conversaciones con Berta. Era el gran resorte de su alegría y su tristeza. Daniel sabía que si él le hubiera propuesto alargar un poco más su estancia en América para conseguir una buena suma extra de dólares, ella no lo dudaría. Le animaría y diría: «Es un gran sacrificio para todos pero merece la pena, ¿no te parece?».

Daniel hablaba de Berta con amargura. Pero Teresa estaba segura de que si ahora mismo entrara él, la miraría con el aire indefenso, desolado que precedía siempre al nombre de Berta y diría: «Berta, mal. Berta, desesperada. ¿Y qué puedo hacer yo?».

—Berta, fatal. Insoportable y fría. Furiosa conmigo. Como si fuera yo quien le hubiera dado las pastillas... No ha sido nada importante. Lo que se toma para dormir. Según ella, se excedió en la dosis al ver que no le hacía efecto lo habitual. He hablado con nuestro médico, dice que se pasó de dosis tres veces más de lo indicado. Él cree, como Lucía, que ha sido un aviso, un chantaje, una amenaza de lo que puede ser si yo continúo abandonándola... ¿Qué puedo hacer yo, con esta mujer?

Era curioso que siempre que hablaba de ella o pensaba en ella solía decir: «Esta mujer». Esta mujer con el demostrativo en primer término para que no hubiera duda, no se la pudiera confundir con otra más lejana. Ésta, la que me tortura y me esclaviza con su sola presencia...

—¿Qué puedo hacer? —repitió Daniel.

—¿Quieres que te conteste? ¿Terminaste ya? —preguntó Teresa.

Estaban frente a frente, junto a la ventana que daba a la plaza de Neptuno, iluminada ya, brillante bajo la noche estrellada de Madrid. Él no contestó, pero esperó, mirándola, su respuesta.

—Voy a ser dura —dijo Teresa—. Tengo que ser dura. Mira, Daniel, la vida está hecha de trampas pequeñas para hombres pequeños. Y tú caes siempre en ellas. En primer lugar, ¿cómo puedes resolver tu vida basada en infidelidades? Una cosa es la infidelidad y otra es la lealtad. Los conflictos de una pareja se resuelven con lealtad. Explicando al otro la verdad y esperando que sea tan generoso que la acepte. Y si no la acepta, al menos, no se sentirá engañado, humillado con el engaño. ¿No lo comprendes? La vida es corta —continuó Teresa—. Tú te has dado cuenta, ¿verdad? De que sólo es real este momento, ahora, con esta ventana en el centro de Madrid, esa hermosa fuente, el Prado, el Ritz y nosotros dos aquí juntos...

Daniel escuchaba a Teresa desde un fondo de congoja y derrota, imposible de explicar. Era fácil hablar con pasión de verdades abstractas, proclamas de orador enfervorizado. Pero era muy difícil aplicarlas a cada instante, a cada persona, a cada situación.

—Tienes razón —dijo—. Una razón universal. Pero muy difícil de aplicar a cada caso...

El último día, la última noche, ayer, cuando la noticia del intento de suicidio de Berta había destruido las últimas promesas del verano, habían hablado una vez más del divorcio.

Era Teresa quien había empezado, como siempre, ante el mutismo de Daniel y la ausencia de un desahogo emocional sincero.

—Tú vives en la angustia del adulterio —dijo Teresa—. El adulterio y el pecado. Me dijiste una vez que a los catorce años ya no ibas a misa. De acuerdo. Pero la educación que te han dado sigue pesando sobre ti. No eres libre. En el fondo crees en el matrimonio para toda la vida. No crees en la libertad individual y el derecho a equivocarse.

—Creo en los hijos —apuntó Daniel.

—¿Los hijos? No hablamos de niños pequeños, en tu caso. Hablamos de adolescentes. Se trata de estar cerca de ellos siempre. ¿Lo estás ahora, casado con su madre o más bien delegas para todo en ella? Sois dos personas, padre y madre, no una unidad. Sois dos comprometidos con los hijos, juntos o separados, y estáis unidos por un mismo interés ineludible: vuestros hijos. Ellos tienen que sentir y saber y estar seguros de que tú estás ahí al alcance de la mano o del avión. Y que el tiempo que les dedicas será un tiempo lleno de confianza, de la alegría de estar juntos... Hay que tener sinceridad y valentía para explicar a unos hijos ya adolescentes como los tuyos lo complicado, lo difícil que es a veces aceptar un error y tratar de rectificar. Es mejor eso que vivir todos juntos pero asfixiados...

En aquel tipo de análisis, desencadenado por una situación especial, él, Daniel, se sentía despojado de su coraza, inerme. Y no lo podía soportar, a pesar de que la fría razón estuviera de parte de Teresa. Sólo cuando finalmente la pasión crecía entre ellos, los arrollaba y los enviaba corriente abajo hacia un torrente de sensaciones y un sentimiento final de plenitud, sólo entonces eran libres, por un tiempo, de la zozobra y el desacuerdo. Pero hoy todo era distinto. La última noche de Asturias había sido perfecta. La tormenta sobre sus cabezas, y ellos dos, abrazados, conscientes de que estaban viviendo la última noche del verano, el último encuentro amoroso. Teresa había dicho: «Los truenos, los relámpagos... El final de una ópera...». Daniel no contestó anonadado entre la desesperación y la certeza de la despedida.

Hoy todo era distinto. Hoy, aquí, en la noche esplendorosa de Madrid, los dos se sentían vencidos. Teresa dijo:

—Mañana trataré de conseguir un billete a Nueva York. O a París, si es más fácil vía París. El verano ha terminado...

Y trató de sonreír.

Daniel la abrazó un instante y se dirigió a la puerta.

—Te llamaré mañana. Te acompañaré al aeropuerto.

—No es necesario, de verdad. Te llamaré yo al llegar al aeropuerto de Nueva York...

Cuando la puerta se cerró y los pasos silenciosos de Daniel se perdieron por el pasillo alfombrado, Teresa regresó hacia la ventana, hacia las butacas abandonadas. Miró a la mesa y comprobó que, por primera vez, habían estado juntos un largo rato y no habían tocado sus copas.

En aquella guerra tenía que pactar. La batalla estaba perdida antes de empezar. Berta había atacado al día siguiente de la llegada de Daniel, a la misma hora en que Teresa volaba ya hacia América. Berta, acurrucada en una butaca, arropada con una manta ligera a pesar del calor, mantenía los ojos cerrados. «Tiene mala cara», se dijo Daniel. Y el horror del intento de suicidio le angustió. Trató de ser amable y complaciente.

—¿Quieres algo? ¿Te preparo algo?

Ella había hecho un movimiento negativo con la cabeza. Luego, abrió los ojos y dijo:

—Si quieres complacerme ya sabes lo que tienes que hacer... Ayudarme a vender este piso y a comprar la casa de la urbanización...

Y Daniel supo que ya estaba empezando a pagar el precio de su relación con Teresa, su año de amor con Teresa, su huida pasajera hacia otra forma de vida. Él no sería nunca libre. Berta y sus hijos para siempre, ése era el programa de realización inmediata. Y en ese programa iba incluido el tenaz empeño de Berta. La casa en las afueras de Madrid, la nueva urbanización donde vivía ya su amiga Esther.

Berta esperaba su respuesta y Daniel, despertando de su ensimismamiento, entregó sus armas.

—Está bien. Haremos lo que tú quieras...

Berta se levantó con soltura y se acercó a Daniel. Le abrazó fuertemente y en voz baja le dijo al oído:

—Te perdono... Ya me he olvidado de Teresa...

Luego, le cogió de las manos y siguió hablando.

—Verás. Este verano he dado una señal para el chalet porque si no, no me lo reservaban. Si luego no te gusta, no importa. Perderé la señal. Me prestó el dinero mi hermana, en Marbella —luego añadió—: ¿Cuándo quieres que vayamos a verlo?

Estaba radiante. A la hora de la cena no puso inconvenientes y comió con todos, olvidada de la postura lánguida y pesarosa del día anterior. A media comida, se levantó y sacó del frigorífico una botella de champán.

—La tengo aquí desde la vuelta de Marbella. Para descorcharla un día como hoy...

Todos bebieron en silencio y Berta continuó hablando.

Se dirigió a Daniel y a los niños.

—Veréis qué colegio vais a tener allí... Es un colegio para chicos y chicas. Mucho inglés y unos campos de deporte estupendos... No es de frailes ni de monjas pero dan bastante religión. Además —explicó a Daniel—, a la edad de éstos, lo principal ya está hecho, quiero decir, en la educación...

Un comentario de Teresa acerca de la educación resonó en los oídos de Daniel. Ella había dicho: «A

261

los catorce años dejaste de ir a misa, dices. Pero el daño ya estaba hecho. A esa edad todo lo fundamental ya está hecho». Es decir, la misma opinión que Berta aunque el sentido fuera el contrario.

Teresa recordaba el último diálogo que había mantenido en Asturias con Daniel. Hablaban como siempre de las posibilidades de un futuro común. Teresa insistía en que Daniel se fuera a Estados Unidos. Él rechazaba la idea.

—Ya no es momento de exilios. Ya no estamos en los años cincuenta, cuando tus padres se fueron. Estamos en 1986 y España es socialista...

Ella insistía.

—El español es cada vez más importante en Estados Unidos. Tú puedes trabajar con el español. Como poeta y como profesor...

—¿Y mis hijos? —preguntaba Daniel.

Teresa argumentaba, rápida.

—Los envían sin padres a estudiar desde muy jóvenes... Los tuyos te tendrían a ti, al menos por temporadas...

Él no contestaba.

Había otras soluciones, decía Daniel, todas románticas. Retirarse a vivir a Asturias, escribir, investigar.

Y otra más: breves encuentros aquí o allí...

Teresa cerraba la conversación.

—El mundo ya no es ancho y ajeno. El mundo occidental es intercambiable. Sólo queda por decidir las soluciones individuales. Quizás un día sea yo la que quiere vivir en España. O en otro lugar de Europa. Y quizá tú quieras irte a México o a Canadá, ¿quién sabe?

Hemos puesto a la venta el piso de la Castellana. Hemos firmado el contrato de compra de la casa. La urbanización está bien. Parcelas grandes con algunos árboles. Era una finca enorme de un aristócrata arruinado. Han mantenido intacto un bosque de encinas al fondo. Me imagino que en la siguiente fase de ampliación lo destruirán. Nuestra casa tiene un jardín grande, mejor dicho, un espacio grande que será un día un jardín. Mi estudio da al oeste pero no veré ni una puesta de sol porque está en la planta baja.

Cuéntame algo de ti y de Nueva York. También yo creo que es mejor escribir que hablar. Además, no sé si podría resistir oír tu voz. No me abandones del todo. No podemos alejarnos tan fríamente. Te escribo desde el apartamento. He logrado mantenerlo por ahora.

Prefiero que me escribas, querido Daniel.
Por instinto busco siempre la paz. Necesito vivir en

paz y lo estoy consiguiendo. Voy tres días a la semana a la redacción de la revista. El resto, trabajo en casa con «mis parejas». Las considero casi mías de tanto conocerlas, investigarlas, pensar en ellas y en sus vidas. Nueva York, extraordinaria como siempre. Hoy voy a cenar con Beatrice. Tiene interés en que conozca a un hispanista inglés que está pasando un mes en Nueva York. Prepara un libro sobre el final de la monarquía. Se titula «1931. El final de la Monarquía española».

Era el último domingo de septiembre. Berta tenía que ir a la sierra para cerrar la casa. Daniel la acompañó y decidió dar un paseo largo, mientras Berta recogía, ayudada por la mujer de la limpieza, toda la ropa de verano que debían devolver a Madrid. También había que dejar las habitaciones ordenadas y limpias para entregar las llaves al dueño y despedirse de él hasta el verano próximo. El día había sido soleado por la mañana y después de comer, alguna nube lejana y oscura apareció tras los picos más altos. Abandonando la carretera del pueblo Daniel subió monte arriba hasta un lugar que elegía con frecuencia. Una pradera alta desde la cual veía el valle a sus pies y las crestas encadenadas de la cordillera madrileña. Los pinos cubrían las laderas de los montes y el aire era fresco y balsámico. El cielo limpísimo protegía la tierra. Cansado por la ascensión, Daniel se sentó en una piedra y respiró hondo. Por primera vez, desde su regreso de Asturias, estaba en contacto con la naturaleza y se sintió repentinamente triste. Un rápido balance del mes transcurrido le fatigó. Comienzo de la vida universitaria, organización de los cursos. Reuniones con compañeros del Departamento. Citas clave con personas decisivas para establecer contactos, proyectos inmediatos. El bullicioso renacer del regreso. Una excelente oferta había aparecido en el horizonte de un modo imprevisto. Le habían llamado con reservas y misterios para hablarle de la dirección de una editorial que formaba parte de un grupo, dependiente de una firma extranjera. El puesto suponía más dinero, más prestigio, más trascendencia y era un complemento ideal para un catedrático de Universidad.

Una sombra oscureció el ligero optimismo que le produjo el recuerdo del nuevo puesto: ¿qué opinaría, qué hubiera opinado Teresa de ese nuevo trabajo? Hacía dos semanas había recibido una carta suya. Serena, amistosa. Le informaba de los avances de su libro, de la vida social, de Beatrice. Y mucho de la nueva etapa de la revista que Beatrice estaba estructurando con un trabajo eficaz y apasionado. *«Cuando salga el nuevo número te lo enviaré y si tienes algo que te merezca la pena publicar, envíanoslo.»*

Teresa. Siempre Teresa. En tan poco tiempo, la relación con Teresa se había hundido en el pasado. Pero su huella permanecía viva y dolorosa, grabada en cada partícula de piel y, más profunda, aún, en la zona del cerebro que rige los vaivenes del sentimiento. Una honda aflicción arrugó su frente. Miró al cielo que en poco tiempo se había convertido en un gran manto negro. Gruesas gotas de agua empezaron a desprenderse de la nube y cuando Daniel inició el descenso de la cuesta ya el chaparrón abría regueros en el camino de tierra. Al alcanzar la carretera, el reflejo del cielo volvía más oscura la lámina de asfalto. La tormenta empezó a alejarse y el sol brilló de nuevo cuando Daniel entró en la casa. El chaparrón le había penetrado hasta los huesos. Tiritaba de frío y al regresar a Madrid, a pesar de la ropa seca, un gran malestar recorría su cuerpo.

—Tengo fiebre —dijo de pronto—. Me encuentro fatal.

Al ver su cara, Berta le obligó a cambiar de asiento y cogió el volante rumbo a la autopista, donde una caravana de coches llenaban de domingo los tres carriles de acceso a la ciudad.

La pulmonía fue corta e intensa. Fiebres altísimas durante las cuales la imagen de Teresa, en los instantes previos a la gran mojadura fue una constante y recurrente presencia.

Daniel siempre había pensado que la muerte tenía un resquicio, un agujero pequeño en la pared, una rendija para ver lo que sucedía sin él. Lo pensaba sin creérselo. Era un juego imaginativo.

Ahora, en este despertar confuso de la fiebre, un rayo de conciencia le hizo recordar lo que él había imaginado en su sueño. Por la rendija veía a su mujer, a sus hijos. No a Teresa. Teresa no le acompañaba más allá de la muerte. ¿Teresa era la vida? El leve sol rozaba sus manos inmóviles. Lo sentía todo, lo percibía todo con indiferencia. Con la lejanía del resucitado. Sentía el tacto del sol. Oía a su alrededor palabras medio vacías de contenido. Deseaba algo. ¿Quizás el humo del tabaco? ¿Quizás el alcohol pasando helado por su garganta? Lo dudaba todo. Ahora el sueño cambiaba. Ya no era la rendija para ver a su mujer, a Berta y a sus dos hijos, Javier y Marta. Ahora era Teresa sola...

—Oye, Esther, ¿cuándo vienes de Denia? Estoy deseando verte.. Los niños, bien... ¿Daniel?... Pues fíjate qué oportunidad... Fue empezar el curso y caer con una pulmonía... Qué quieres, si bajó del monte, un camino de media hora, empapado... Y además no creas que come gran cosa. Está como idiotizado... Oye, no sé si será la otra. Desde luego cuando lo mío, que bien cerca estuve de mandarlo todo a paseo, ya lo sabes, ya te lo contó Elisa... Pues cuando yo estuve así, él me juró y me prometió que no me dejaría nunca. Pero vete a saber si se asustó... Yo le perdoné, desde luego, y él ha estado amable y cariñoso... Pero le veo raro. Lo bueno de todo esto es que tanto negarse al chalet de la urbanización y

ha sido pedírselo y me ha dicho: «Lo que tú quieras...»,
lo que pasa es que ahora tengo que dar la batalla del
apartamento. De que lo venda, mujer... ¿Para qué
quiere aquello si va a tener un estudio de locura en la
casa nueva?... Te digo que no veo la hora de estar allí...

Habían pasado muchos días y no tenía carta de
Daniel. Roto el acuerdo de la hora fija, Teresa había intentado llamar al apartamento a distintas
horas pero nadie contestaba. Había sido un impulso, una urgente necesidad de oír su voz, un deseo invencible y absurdo de comprobar que aún
era capaz de avivar los rescoldos y convertirlos en
llamas.

Fracasada en sus reiterados intentos de comunicarse con él, Teresa tuvo una idea: localizarle
en el despacho de la Universidad. Tras ensayar varios números que remitían a otros, dio con alguien que tenía noticias de Daniel.

—*Mire usted, Daniel Rivera está enfermo... Bueno, ya está mejor. Al parecer ha sido una pulmonía...
¿Quiere usted dejarme su nombre?*

Ella había reaccionado al instante para decir:

—*No se moleste. No es nada urgente. Llamaré
dentro de unos días...*

Al colgar el teléfono, Teresa se quedó pensativa, imaginando qué otro paso podía dar. Con un
esfuerzo de voluntad, renunció a su propósito.

«Una pulmonía no es nada grave. Llamaré dentro de unos días.» Y regresó al trabajo extendido sobre la mesa. Ordenó un montón de fichas, libros abiertos, fotocopias. Después marcó un número en el teléfono y habló con Beatrice.

—¿*Vas a salir?... Está bien, entonces iré a verte si no te importa...*

Teresa aquí y allá, escenas y paisajes mezclados, Asturias, Nueva York, la casa de la playa, Menorca y el barco con el helicóptero en cubierta. Teresa reclamándole: «Ven y nos escaparemos en aquel helicóptero». «¿Tú sabes pilotarlos?», preguntó él y Teresa, sonriente y firme, contestó: «Yo sé conducir cualquier cosa que nos sirva para huir». Más de una vez había sentido su mano fresca acariciándole la frente. Pero luego era la voz de Berta la que decía: «Habrá algo más fuerte, ¿no? ¿No ve usted que no le baja la fiebre?». Era el médico, seguro, el callado testigo a quien se dirigía Teresa o Berta, cualquiera de las dos, interesándose por él... Nunca se libraría de ellas. Berta la implacable, y Teresa... Le cansaba mucho definir a Teresa, buscar una palabra que expresara cómo era Teresa... Perseguía las palabras pero ninguna servía: inteligente, libre, valiente, fuerte, amorosa, amada, amante, amable... Se le llenaron los ojos de lágrimas y se quedó instantáneamente dormido.

—Pues, hija, qué quieres que te diga. Está insoportable. Desde la pulmonía parece que se ha vuelto del revés... Menos mal que la operación del chalet ya estaba hecha si no... es capaz de volverse atrás. Ahora le da por pasarse las horas en la terraza mirando cómo se quita el sol. ¿Tú no crees que está un poco neurasténico?... Luego, como la enfermedad le pilló en los comienzos del curso no veas el barullo que tiene de trabajo... Ya, eso sí, el médico le ha mandado muchas vitaminas. Pero no tiene ganas de nada. Para mí que se acuerda de la americana... Sí, hija, lo que tú quieras pero los hombres ya sabes cómo son de veletas...

El primer día que se incorporó a las clases le saludaban todos, se interesaban por su salud. Los alumnos de último curso se mostraron receptivos e interesados con su proyecto de trimestre.

—En este último curso vamos a dedicar gran parte del programa a la poesía española del siglo xx...

Al terminar las clases reanudó su costumbre de almorzar en la cafetería y pensó que no tenía fuerzas para acercarse al apartamento. Tenía que ordenar sus fichas, sus libros, todo lo que se había traído de Nueva York y separar lo que se refería a Juan Ramón Jiménez. De todos los proyectos inmediatos continuar con el libro era lo que más le preocupaba y, a la vez, lo que le interesaba de verdad. El verano había sido menos fructífero de lo que él había previsto. Excursiones con Juan, paseos, baños. «El verano —se dijo— es para descansar. No quiero empezar con más culpas...»

Sin embargo, Teresa, disciplinada y rigurosa, había trabajado todos los días. Su libro de las parejas debía de estar a punto de terminar. Conocía fragmentos que ella le había leído pero esperaba con impaciencia el libro editado. Teresa no sabía nada de su enfermedad. Diez días en total, pero diez días clave que le habían impedido ponerse al día en cuanto a los planes del nuevo curso. Y no había escrito a Teresa.

Su recuerdo le hizo reconsiderar su primer impulso de regresar a casa a descansar. Era urgente llamarla. Quizás había llamado ella o había alguna carta suya...

A las seis de la tarde, las doce en Nueva York, estaba ya en el apartamento marcando su número. Miraba a su alrededor y el momento tantas veces repetido de la llamada telefónica le devolvió la engañosa sensación de que el tiempo no había pasado y que esta llamada era una más en la que intercambiaban noticias, mensajes de amor, añoranzas, recuerdos. El teléfono de Nueva York sonó varias veces hasta que el contestador hizo su aparición. Daniel dejó un breve mensaje.

—*He estado enfermo varios días. No sé si habrás llamado en este tiempo. Un abrazo.*

El mensaje de Daniel la había entristecido. Con energía se reprochó a sí misma su debilidad. Una vez más se dijo: «Esto es un episodio terminado. Estamos separados de verdad. Sin contar los kilómetros, las millas. He recuperado el derecho a la soledad, el lujo de la soledad. Cerrar la puerta y encontrarse libre. Sin gestos que deben adecuarse a la persona que tenemos delante. Sin reservas, sin fingimientos, sin odios abiertos a confesiones. Sin respuestas urgentes a asuntos nimios. Sola. Para pensar, imaginar, proyectar. Para rememorar o rechazar el pasado. Para adormecerme un instante y decidir en seguida qué hacer en el espacio que me rodea, que he elegido y construido y amueblado con objetos cargados de significados. Objetos que me acompañan y mañana me sobrevivirán porque ellos son indestructibles. A solas con ese interlocutor único que reside en un lugar no determinado, dentro de mí. Aquel a quien se confiesan las verdades más terribles, los fracasos nunca admitidos, las debilidades y los deseos».

Cuídate mucho. La salud es el único tesoro que tenemos. Te envío un libro que he descubierto en la biblioteca de mi padre. Hay un capítulo interesante sobre la muerte de Zenobia, que ocurrió, como sabes, poco

272

más de un año antes que la de Juan Ramón. Te seguiré
enviando lo que encuentre. Creo que es en lo único que
te puedo ayudar. Estoy convencida de que sólo el traba-
jo puede ayudarnos a encontrar el equilibrio personal.

La carta le pareció un poco fría. Pero ella no
quería volver a hablar de amor, cariño, ausencia.
No podía.

Le parecía que al volver con Berta el rompeca-
bezas encajaba de nuevo. La familia en su sitio. El
trabajo, como telón de fondo. Los amigos, en un
lugar cercano.

Era un puzzle con muchas piezas, pequeñas
unas, grandes otras. El conjunto parecía exacto,
ajustado. Sólo en el cielo, lejos, en un horizonte
lejano, creía adivinar una nube que tapaba el sol.
«¿Por qué?», se preguntaba Daniel. «¿A qué obedece esa nube lejana?» La nube se acercaba un poco cada día. Al despertarse temprano trataba de
revisar el orden de su vida. «He regresado con mi
mujer y mis hijos. Mi trabajo ha mejorado mucho.
Gano más dinero. Tengo una casa nueva con un
gran estudio para mí.» ¿Y la nube? La nube era un
misterio. No lograba identificarla. ¿Encerraba
errores, vacilaciones, dudas? ¿Caminos equivoca-
dos, decisiones cobardes, amenazas? Estaba ahí,
en el horizonte de su vida. Se acercaba lentamente. Era un símbolo. No existía de verdad en el cie-

lo. Pero se cernía sobre su cabeza y la veía con los ojos cerrados.

El vacío, la indiferencia lo invadían todo. «¿He sido noble al sacrificar a Teresa y mi propia vida futura? ¿Ha sido un acto libre y consciente a favor de mis hijos, de Berta?» No. Su generosidad no estaba en juego. «Ha sido un acto de cobardía.» En momentos de lucidez, Daniel creía ver claro y acariciaba la idea de rectificar, de retroceder al día de la despedida, cuando negó a Teresa, sin palabras, toda esperanza. «Pero nadie vuelve atrás», se decía. «No se recupera el tiempo perdido, el punto en que se decide una elección en un cruce de caminos.»

¿Cómo se puede hacer más daño? ¿Con una conducta clara, una decisión valiente, una cirugía a tiempo? ¿O arrastrando hasta la muerte la conciencia del error y el fracaso y haciéndosela sentir a los demás? Ésa era la nube amenazante que se acercaba poco a poco hasta que un día le absorbiera por completo, le destruyera, le hiciera desaparecer...

La primera noche en la nueva casa, la melancolía y la amargura le asediaban. Desde su dormitorio, de espaldas a la sierra, veía a lo lejos, iluminando el cielo, la luz deslumbrante de Madrid. «Es un destierro definitivo», pensó Daniel. Un rumor sordo de coches llegaba de la autopista cercana. La noche de un otoño caluroso traía el olor de la tierra seca, estéril, que rodeaba la casa. «Algún día será un jardín. Se cubrirá de tierra fresca y jugosa. Habrá césped y flores. Los árboles crecerán...»

Nuevos cimientos se alzaban a su alrededor. Nuevas casas, nuevos destierros. O quizá para otros no eran destierros sino firmes asentamientos sobre la tierra. El deseo de echar raíces, de regresar a los comienzos. El hogar. Frente a la colmena vertical una serie de colmenas horizontales. Para algunos, el sueño realizado. La convivencia del fin de semana con gentes nuevas que entrarían en sus vidas. Todos con pasados distintos, metas distintas, unidos en los locales del club social. La piscina. El tenis. La nueva forma de vivir.

El estudio es un salón grande, a ras de tierra, hundido en la tierra... Hay un ventanal y enfrente la tapia del jardín que da a tres lados. La tapia está empezando a cubrirse desde unos pocos centímetros del suelo con una enredadera. Por ahora, la tapia está desnuda. Parece la tapia de una cárcel o de un manicomio. En la calle hay árboles raquíticos. A medida que crezcan impedirán aún más la entrada de luz en el estudio. El cielo se reduce a un rectángulo escaso en lo alto. No es el cielo sin límites del piso doce de la Castellana. El cielo que enrojece hacia el oeste cada atardecer. Cuando las luces de la ciudad se encienden y durante unos momentos sostienen un reto luminoso con el ocaso.

El recuerdo de la libertad perdida, el ocaso perdido, el rumbo perdido. La angustia de Daniel se extiende. Abajo, en el salón, Berta habla por teléfono. El hijo se ha encerrado en su cuarto sin cenar. Se oye el nervioso ritmo musical de un grupo desconocido para Daniel. La hija ha cenado en silencio y luego también se ha recluido en su habitación. Berta retira entre protestas los platos, los cubiertos, los vasos hasta el lavavajillas.

En seguida, cada uno estará en su celda, a solas con sus fantasmas, sus deseos, sus miedos. En el jardín de al lado hay risas y gritos de niños y adultos. Parecen felices...

—Te vendría muy bien irte un tiempo a Europa. Unos meses, un curso, ¿qué te ata aquí? Eres una mujer libre. Para terminar tu trabajo te interesaría ir a Inglaterra. Por el idioma y sobre todo por la cultura...

Teresa dudaba. Vivía en un estado de indiferencia a todo y veía preocupación en la mirada de Beatrice. Obsesivamente, Teresa repasaba el último año. El encuentro con Daniel. La atracción inmediata que les había llevado a transformar la amistad primera en un amor apasionado. La separación. El breve paraíso de Menorca. La muerte del padre. Asturias... Se desesperaba ante la cobardía de Daniel. La parálisis total que le impedía dar un paso decisivo.

—Ocúpate de ti misma —insistía Beatrice—. Olvida los problemas de Daniel. En Inglaterra conocerás gente nueva. Nueva York es una ciudad para ser muy feliz, para estar muy equilibrada. Y así y todo es una ciudad dura...

Daniel... Teresa pensaba a veces: «¿Qué sé yo de los lazos indescriptibles que se crean entre una mujer y un hombre que tienen hijos?». Se preguntaba si ella tenía derecho a interferir en la vida de Daniel, una vida hecha, quizás equivocada, mediocre, pero era la vida que Daniel había elegido. La que se había forjado. Daniel era un hombre incapaz de vivir situaciones nuevas y arriesgadas, seguramente porque alteraban su mundo personal, un mundo que se ha ido fabricando desde la infancia. Una infancia gris por fuera y brillante por dentro. Un niño, un adolescente, introvertido, soñador, incapaz de comunicarse con nadie cercano. Habitando en sus sueños, en el mundo imaginado. Y ha llegado a la edad adulta dentro de una crisálida. Incapaz de romperla y arriesgarse a vivir como sueña e imagina desde su mundo encerrado.

—Mira, Esther, no nos engañemos. Esas mujeres sabias y maravillosas que los hombres admiran son unas fulanas. No se les pone nada por delante a la hora

de cazar a un hombre y ése es mi miedo, que éstos no hayan terminado su asunto. ¿Cómo lo voy a creer si me ha engañado antes? Les dan coba con su admiración y ellos caen como idiotas. Porque, vamos a ver, yo comprendo jugarse todo por un triunfador millonario, un actor o un futbolista. O un hombre de negocios. Pero, hija, estos pelmazos como mi marido, un profesor que escribe mamotretos que no le interesan ni a sus alumnos. ¿Qué? Si además les pagan poquísimo. Pues ahí tienes, llega una que se las da de intelectual y se queda con él a base de elogiarle las genialidades... Que yo no veo esas genialidades, Esther, que no las veo. Sí veo que Daniel está muy bien físicamente. Eso sí. Pero que no vengan estas tías con historias. Que digan claramente que les apetece la cama... Oye, cuelgo, que entra... Ya te llamaré mañana.

Trató de rechazar el desaliento. «He dormido poco y mal», se dijo. Lentamente, los coches que le precedían se pusieron en marcha. Una moto serpenteaba entre ellos. Le adelantó por la derecha y el muchacho que la conducía le hizo un gesto de burla cuando él tocó el claxon.

—Poco vas a durar tú —murmuró Daniel entre dientes.

A primera hora de la mañana, los edificios rosados de Madrid emergían de una niebla ligera. El sol arrancaba destellos en miles de cristales. El giro difícil a la izquierda para enlazar con la carretera de la Universitaria.

Al llegar a la Facultad pasó por Secretaría para dar su nueva dirección. Se encontró con un compañero del Departamento que le dijo:

—Oye, vaya ascenso...

No supo si se refería a la nueva casa o al nuevo puesto en la editorial. Pero se apresuró a contestar, sonriente.

—Querrás decir, qué descenso...

El compañero le miró desconcertado porque no le entendió.

«El hombre superior soporta mal la convivencia con una mujer igual a él en lo intelectual, en el ejercicio de la profesión, en la repercusión social de su trabajo»...

Se detuvo en la lectura del fragmento escrito. «¿Por qué?», se preguntó. Teresa se quedó pensando: «Es un enigma. A diferencia del hombre, a la mujer no le molesta en general que él sea superior. Al contrario, una mujer superior no podría soportar a un hombre inferior a ella. Se aburriría, se desesperaría. El hombre no; para él es más cómodo tener al lado una mujer inferior, que le admire». Teresa, siguiendo el hilo de sus pensamientos, sonrió y se dijo: «Sólo seres inseguros, vanidosos, inmaduros desean tener al lado admiradores incondicionales, por vulgares que sean. Ésa puede ser la clave del enigma. Algo falla en los hombres superiores. No serán tan maravillosos».

—*Ya se lo dije ayer, Esther... «Me amargas la vida.» Y me miró con odio, de verdad. Después de haberle perdonado. Después de haberle dejado vivir en casa... «Quédate a vivir en tu dichoso apartamento», le dije. Pero claro, le es muy cómodo que le tengas la ropa limpia, que le cocines, que le sirvas, Porque por los chicos no será. Javier habla poco. Y la niña menos. Mira y observa pero no creas que le dirige la palabra. A mí tampoco desde luego. Oye y a ver si dejas Denia de una vez y te vienes a tu casa. Que ya estamos en octubre... Después de tanto animarme, ahora me tienes aquí esperándote...*

Berta contemplaba absorta un programa de televisión. Bodas, separaciones, bautizos. Un tiovivo de colores repetido todos los días. La llamada insistente del timbre la arrancó de su limbo. Era Daniel. A modo de saludo, Berta dijo:

—Oye, supongo que no te olvidarás de que tenemos que comprar otro coche... Yo estoy aquí atada sin poder moverme. Me lleva alguna vecina al súper pero necesito un coche...

Daniel hizo un gesto de asentimiento y dijo mirando la televisión:

—Mensajes culturales, ¿no?

—Vete a paseo —dijo Berta. Y añadió—: No te vayas que no he terminado... Además del coche ya sabes que faltan aún muchas cosas. Hay que adaptar el chalet por dentro en mil detalles. Cocina, baño, armarios. Muchas cosas todas necesarias...

Enardecida, Berta dio una segunda vuelta de tuerca.

—Hay que vender el apartamento.

Daniel se sobresaltó.

—Eso de ninguna manera —dijo.

Y Berta con un repliegue estratégico admitió.

—De acuerdo, pero entonces tenemos que pedir un crédito...

«Al hombre se le ha educado para ser superior que la mujer. Desde la cuna. Nace con privilegios dentro de la familia. Crece con privilegios. Por otra parte el hombre es víctima del papel que se le ha asignado. Es fuerte a la fuerza. No sabe reconocer sus debilidades, sus dudas, sus fallos. Y lo más grave, el hombre tiene zonas profundas y oscuras de vulnerabilidad e inseguridad. Todas las que se derivan del mundo de las emociones y los sentimientos y de su forma de rechazarlos, dominarlos o controlarlos.»

En este punto Teresa se detuvo. Una reflexión personal la distrajo del texto que estaba redactando. «Yo no hago nada exclusivo de la mujer. No cocino, no coso. No tengo hijos. Actúo como un hombre libre. Acepto sólo lo que quiero. Pero tengo intacta la capacidad de sentir. No la he perdido como un hombre la pierde. En lo demás, sí. Soy como un hombre...»

Un recuerdo inoportuno interfirió en su razonamiento. Cuando era una niña, en la casa castellana de su abuela paterna, un día, jugando con un primo mayor que ella, el niño se había hecho daño y se había quejado a la abuela de que la culpable era Teresa. La abuela no escuchó sus argumentos y le creyó a él... «Nunca he superado esa injusticia», pensó. «Yo quería a mi abuela pero a los seis años sufrí mi primera decepción. Tuve una intuición precoz. Comprendí que en caso de duda o de conflicto con un varón siempre le darían la razón a él. Incluso mi querida abuela.»

Una opresión en el pecho. La inseguridad. El miedo. La angustia. Alguien cerca, cualquiera sirve para deshacer el nudo de la soledad. Cualquiera que llame en este momento a la puerta, entre, sonría, nos entregue un paquete, comente: «Hace frío o calor», «El tráfico está imposible», y se despida con una sonrisa. También el teléfono. La llamada inoportuna a veces, enojosa, pesada, se vuelve deseable cuando la soledad atenaza. Esa voz intrusa no nos acompaña, pero nos arranca del pozo al que estábamos descendiendo. Y nos obliga a recomponer el gesto, la postura, a recobrar el tono de voz. Dispuestos a entrar en combate con «el otro», a discutir lo que viene a proponernos a través del hilo negro o blanco que desenroscamos maquinalmente, al tiempo que hablamos.

Hundido en su sillón de cuero negro, mirando a la ventana que daba al trozo de solar que un día sería jardín, Daniel estaba solo como nunca lo había estado. Solo, abandonado de Teresa, que se alejaba día a día en la ausencia de cartas y llamadas. Teresa, que caminaba, dándole la espalda, hacia un lugar desconocido. Solo, abandonado de sí mismo. «¿Quién soy yo?», se preguntó. «En mi cabeza cabe el mundo. Y sin embargo, peso en el universo lo mismo que un átomo...»

Tenía que escribir a Daniel. Tenía que decirle que la suerte estaba echada. Se iría a Londres al final de la semana. Allí la recogería George, el amigo de Beatrice, el hispanista que iba a ser su introductor en Oxford. El que la ayudaría a organizar su vida: bibliotecas, conferencias interesantes, cursos obligados. George era una persona inteligente, tranquila, con la que podría hablar de todo. Sería grato disfrutar de la compañía de un hombre cercano en lo intelectual, afable, con una cordialidad sin sobresaltos. Un amigo generoso que respetaría su intimidad. También divorciado, con un hijo mayor.

Abrió la puerta del garaje. Subió al coche. Puso el motor en marcha. La autopista le esperaba, como todas las mañanas, con la seguridad del tráfico lento, al borde del colapso. Las noticias de la radio. El gesto crispado de los conductores a su alrededor. Berta tomando su segundo café en su cocina o en la de una vecina. Los chicos en el colegio de la urbanización. De momento. En seguida tendría que ocuparse de llevarlos a una Facultad para iniciar cualquier carrera a ninguna parte.

Sentada cerca de la ventana, en el salón de té del Savoy, Teresa miró al río. Las aguas oscuras, iluminadas por las luces de las dos márgenes del Támesis, la entristecieron. Una gabarra solitaria pasó cerca. Avanzaba lentamente, como perdida en la noche. En papel del hotel, escribió la última carta.

Perdóname, Daniel. No se pueden mantener eternamente unas relaciones frustradas. Es morboso y desequilibra mi vida. Supongo que también la tuya.

Nuestro amor es un capítulo cerrado. Fue maravilloso mientras duró. No hay más que decir. Adiós y buena suerte. Teresa.

Avanzó por el pasillo que le conducía al aula. Una abrumadora sensación de fracaso le embargaba. Berta, la urbanización, los hijos, la Universidad. Los círculos de su infierno. Desde la tarima descendió un escalón, dos escalones para colocarse a nivel del suelo, a la altura de los alumnos.

En la primera fila una chica morena le miraba. Hacía días que la tenía delante, atenta, concentrada en sus palabras. Tomaba notas y apuntes sin cesar y regresaba a él, buscaba sus ojos, mordía el bolígrafo pensativa mientras él hablaba.

Miró a los ojos de la alumna elegida, una de las muchachas en flor. La que le había elegido a él. Una leve sonrisa fue la respuesta. Un paso más y entraría en el último círculo de su infierno personal.

Biografía

Josefina Aldecoa nació en La Robla (León) el 8 de marzo de 1926. Estudió Filosofía y Letras en Madrid, donde se doctoró en 1956. Durante los años de facultad entró en contacto con un grupo de amigos que luego iban a formar parte de la llamada "generación de los cincuenta": Rafael Sánchez Ferlosio, Jesús Fernández Santos, Alfonso Sastre, Carmen Martín Gaite e Ignacio Aldecoa, con quien se casó en 1945.

En 1969 murió su marido y durante diez años permaneció alejada de la literatura, hasta que en 1981 apareció su edición crítica de una selección de cuentos de Ignacio Aldecoa. A partir de ese momento reanuda su actividad literaria y publica la memoria generacional *Los niños de la guerra* (1983), el libro infantil *Cuento para Susana* (1984), las novelas *La enredadera* (1984), *Porque éramos jóvenes* (1985), *El vergel* (1988), *Historia de una maestra* (1990), *Mujeres de negro* (1994) y *La fuerza del destino* (1997), el volumen *Confesiones de una abuela* (1998) y los relatos recogidos en *Fiebre* (2001).